Stefan Karch

Die Mondschein Gäng

Mit Illustrationen von
Stefan Karch

Stefan Karch

lebt mit seiner Frau und seinen drei Töchtern
auf einem 250 Jahre alten Bauernhof in Stubenberg am See.
Er arbeitet als Autor, Illustrator und Puppenspieler.
Mit seinen selbst hergestellten Puppen macht er
seine Bücher als Theater der Fantasie lebendig.
www.stefankarch.com

www.ggverlag.at

ISBN 978-3-7074-2010-4

1. Auflage 2016

Text und Illustrationen: Stefan Karch
Lektorat: Karin Ballauff

In der aktuell gültigen Rechtschreibung

Gesamtherstellung: Imprint, Ljubljana

Inhalt

Die Nacht

Es regnet.

Das ist das Erste, das Finn spürt. Er spürt die Nässe, die kalt und ungemütlich durch sein Fell kriecht. Weit hinten in seinem Schädel pocht ein Schmerz.

„Der ist nicht tot", zischt eine Stimme.

„Vielleicht stellt er sich tot", fügt eine andere Stimme hinzu.

Tot? Warum sollte er tot sein? Finn hebt den Kopf. Er wischt sich mit der Pfote über die Augen, um besser sehen zu können. Es ist dunkel. Vor Finn glänzt tintenschwarz die nasse Straße im Licht einer Laterne. Finn spürt, wie sich die Haare in seinem Nacken aufrichten. Das tun sie nur, wenn ihm Gefahr droht. Vor ihm im Dunkel der Sträucher leuchten vier bernsteinfarbene Augen.

Finn spürt, wie sich sein Herzschlag beschleunigt. Von wegen tot.

Ohne den Blick von den leuchtenden Augen abzuwenden, richtet sich der kleine Kater auf. Seine Glieder sind steif vor Kälte. Zwei Gestalten lösen sich aus dem Dunkel und kommen auf ihn zu. Kater. Das hat Finn schon am Geruch erkannt. Der Größe nach zu schließen sind sie älter als er.

Was wollen sie von ihm?

Finn sollte jetzt lieber schnell losrennen. Stattdessen steht er da, als wäre er versteinert.

„Der sieht aus wie eine gebadete Maus", bemerkt der eine, ein kurzbeiniger, pummeliger Kater.

Wie eine Maus? So eine Frechheit! Finn will etwas entgegnen, doch der andere Kater kommt ihm zuvor.

„Der riecht eigenartig", sagt er, schiebt dabei sein Kinn vor und schnuppert.

„Ist die Mami nicht da?", höhnt der Dicke.

„Jetzt reicht es", empört sich Finn. „Du tickst wohl nicht richtig. Ich komme schon lange ohne meine Mami zurecht!"

„So", stößt der hagere Kater aus, und es klingt wie ein Auflachen.

Seine Augen verengen sich zu schmalen Schlitzen. Er legt den Kopf schräg und mustert Finn argwöhnisch.

„Es ist besser für dich, wenn du verschwindest", erklärt er. „Das hier ist unser Revier!"

Seine Worte ziehen sich in die Länge, als wären sie aus weichem Kaugummi.

„Hallo, wie wäre es mit einer netten Begrüßung? Schön dich kennenzulernen, woher kommst du, so was zum Beispiel", hätte ihm Finn gerne als persönlichen Tipp mitgegeben. Stattdessen wird ihm ganz heiß und sein Herz klopft, als wäre er meilenweit gerannt.

Woher komme ich?, fragt sich der kleine Kater plötzlich ganz erschrocken. Er hat nicht einmal die leiseste Ahnung.

Das Einzige, was er weiß, ist, dass er Finn heißt, und das ist auch schon alles. Er weiß beim besten Willen nicht, wie er an diesen Ort gekommen ist und warum er ausgerechnet hier ist und nicht woanders.

In seinem Kopf herrscht Funkstille, absolute Leere. Er kann

noch so viel darüber nachdenken – nicht einmal der Funken einer Erinnerung kommt zurück.

„Seht euch das an! Der Kleine beginnt zu heulen", miaut der Dicke. „Machen dir die großen, bösen Kater Angst?"

„Entschuldige, aber ich heule sicher nicht", will ihm Finn klarmachen.

Doch er spürt, dass ihm bereits die Tränen kommen.

„Wir bringen dich zu Gonzo", beschließen die beiden großen Kater, wobei sie einander verschwörerische Blicke zuwerfen.

Der verrückte Hase

Von irgendwoher ist plötzlich ein eigenartiger Singsang zu hören. Finn und auch die beiden anderen Kater spitzen ihre Ohren.

Aus einer Seitengasse kommt eine Gestalt auf sie zu. Ein Tier. Es geht aufrecht und bewegt sich merkwürdig zuckend. Das Tier ist eindeutig größer als eine Katze. Es hat zwei lange Ohren. Ein Hase. Seine Ohren baumeln wie die Schalen einer geöffneten Banane rechts und links vom Kopf herunter.

„Der verrückte Hase", zischt der dicke Kater. Sein Kumpan deutet ihm, still zu sein.

Der Hase hat jetzt die Straße überquert und ist stehen geblieben. Er hält in seinem Singsang inne.

Die beiden Kater verharren stocksteif und geduckt.

Nur Finn hebt vorsichtig den Kopf, um besser sehen zu können.

Der Hase hat sich wieder in Bewegung gesetzt und zockelt direkt auf sie zu.

Finn schaudert, als er bemerkt, dass die weit geöffneten Augen des Hasen in zwei verschiedene Richtungen blicken. Und immer wieder geht ein Zucken durch seinen Körper, als würden unsichtbare Schnüre an ihm ziehen.

Nur wenige Meter vor ihnen bleibt der Hase stehen. Er zwickt die Augen zusammen, und als er sie wieder öffnet, starren sie beide in die Richtung der Büsche, genau dorthin, wo Finn und die zwei anderen Kater hocken.

Plötzlich, so als hätte jemand in die Hände geklatscht, schießen die beiden großen Kater davon in die Dunkelheit.

Nur Finn steht noch da, mit offenem Mund, und wünscht sich, unsichtbar zu werden. Doch sein Wunsch geht nicht in Erfüllung.

Der verrückte Hase schüttelt den Kopf, sodass seine Ohren nur so baumeln.

Finn wagt es nicht, sich zu rühren. Er fürchtet, dass ihm gleich sein kleines Herz aus der Brust springt, so gruselig sieht dieser Hase aus.

„Tsssss, tsssss", macht der Hase.

Dann meint er amüsiert: „S-Sieh an, sieh an, was für ein pu-pu-putziger, kleiner Kerl. La-La-Lass locker, entspanne dich. Ruhig ei-ei-einatmen und au-ausatmen."

Finn starrt den Hasen erstaunt an. So wie der mir Ratschläge erteilt, das ist ja eigentlich ganz nett, denkt er. Und vielleicht sollte Finn wirklich mal atmen. Er schnappt nach Luft, fast wie ein Ertrinkender.

„G-G-Geht ja", kichert der Hase und schüttelt den Kopf. „I-I-Ich kenne die zwei Rabauken, St-Streuner, die können einem das Leben schwer machen. A-Aber hast du gesehen, wie sie w-weggerannt sind? A-Als hätte ihnen jemand P-P-Pfeffer unter den Hintern gestreut."

Der Hase kichert wieder und wirft den Kopf zurück. „M-Mit wem habe ich die Ehre?", erkundigt er sich.

Finn schluckt.

„Finn", sagt er und hofft, dass er dabei stark und mutig klingt.

„Sch-Schön", sagt der verrückte Hase, „es war nett, dich k-kennengelernt zu haben, Finn." Er deutet einen Gruß an und trippelt mit den Läufen, als wollte er im Stehen rennen. „M-Man s-sieht sich nicht, u-und wenn doch, dann ist es eine Überraschung. Hi, hi, hi, hi."

Der verrückte Hase zockelt wieder los.

Finn hockt noch immer reglos da und sieht ihm nach.

Gruselig, aber nett, denkt er.

Die Entscheidung

Die Kälte kehrt zurück und lässt den kleinen Kater frösteln. Für einen Moment ist Finn versucht, dem Hasen nachzurufen, er möge doch warten und ihn mitnehmen, egal wohin. Nichts ist schlimmer als eine große Leere im Kopf an einem fremden Ort ganz allein.

Doch er zögert.

Lärm vom Motor eines Autos frisst sich durch die Nacht. Über den Dächern leuchtet der Mond, rund und voll wie ein dicker Wächter. Weit in der Ferne bellt ein Hund.

Am Ende der Straße im Schein einer Laterne sieht Finn den Hasen noch immer zucken und trippeln, als würde er tanzen. Finn holt tief Luft und atmet wieder aus. Und dann gibt er sich einen Ruck und rennt los, so schnell ihn seine Beine tragen. Er staunt selbst, wie schnell er rennen kann und wie gut es sich anfühlt.

„Warte! Warte auf mich!", ruft er.

Der Hase hält tatsächlich an und dreht sich zu Finn um.

Nachdem er den Hasen eingeholt hat, muss Finn erst einmal verschnaufen. Dann jedoch sprudeln die Worte nur so aus ihm heraus wie ein Wasserfall. Er erzählt dem Hasen alles, und das ist nicht viel. Nämlich, dass er sein Gedächtnis verloren hat und nicht weiß, woher er kommt und wohin er gehen soll.

Der verrückte Hase hört zu, ohne Finn auch nur ein Mal zu unterbrechen. Dann kratzt er sich am Schädel und kichert. „G-Geht mir manchmal auch so, d-dass alles leer ist zwischen d-den Ohrwascheln", sagt er und beutelt den Kopf. „K-Kannst du in einen Gullyschacht klettern?"

Finn hat keine Ahnung, was ein Gullyschacht ist, aber er nickt. Klar, wenn es sein muss, klettert er auch in einen Gullyschacht.

Der finstere Gullyschacht

Der verrückte Hase gibt Finn ein Zeichen, ihm zu folgen.
Dann zuckelt er los. Finn läuft ihm nach.

Während sie so dahinmarschieren, beobachtet Finn den Hasen
verstohlen. Er bewegt sich wie ein Pinguin, der ab und zu
einen Stromschlag versetzt bekommt. Um den Hals trägt er
ein Band. Das ist Finn vorher noch nicht aufgefallen. An dem
Band baumelt eine trockene Blume. Ab und zu nimmt der
Hase die Blume und hält sie an seine gespitzten Lippen, als
würde er sie küssen.

Ganz schön verrückt, dieser verrückte Hase. Der muss ein
Geheimnis mit sich tragen, davon ist Finn überzeugt.

Irgendwann biegen der Hase und Finn in eine schmale Seitengasse ein. Es ist friedlich und still hier. Alles scheint zu schlafen. Durch einen Torbogen erreichen sie einen Innenhof. Er
wird von einer Straßenlaterne schwach beleuchtet.

Vor einem runden Deckel aus Metall, der ein Loch in der Straße bedeckt, hält der verrückte Hase an. Finn fällt sofort auf,
dass dem Deckel ein kleines, dreieckiges Stück in der Mitte
fehlt. Es ist anscheinend herausgebrochen. Nie und nimmer
würde durch diese Öffnung ein Hase hindurchpassen. Außerdem ist es im Inneren des Schachtes ja stockfinster! Was soll
ein Hase dort unten wollen? Ein Gullyschacht muss doch
etwas anderes sein, denkt Finn.

Der verrückte Hase klatscht in die Pfoten. „D-Dann g-gehen

wir es an", verkündet er und – schwups! – wie bei einem Zaubertrick ist der Hase plötzlich verschwunden.

Wie hat er das gemacht? Er muss in den Schacht gesprungen sein, überlegt Finn.

Durch die Öffnung im Deckel kann Finn eine dumpfe Stimme hören.

„K-Komm schon, K-Kleiner", fordert sie ihn auf.

Die Stimme klingt nicht nach dem verrückten Hasen. Sie klingt nach einem Ungeheuer. Aber es muss der verrückte Hase sein. Welches Ungeheuer würde denn wohl stottern?

Vorsichtig lässt sich Finn mit den Hinterpfoten voran in das Loch gleiten. Mit den Vorderpfoten hält er sich an dem Deckel fest. Seine Hinterpfoten suchen nach einem Halt. Sie finden jedoch keinen. Nach und nach rutschen auch Finns Vorderpfoten ab. Immer mehr von ihm verschwindet in dem Loch.

„H-Halte dich an der L-Leiter am Schachtrand fest!", hört Finn die Stimme wieder, die jetzt doch so wie die des Hasen klingt. Aber an welcher Leiter?

Jetzt berühren nur noch die Spitzen seiner Vorderpfoten den Rand des Loches. Der Rest von ihm baumelt über einem dunklen Nichts. Trotz der Nässe und der Kälte wird Finn ganz heiß. Er kann sich nicht mehr lange so halten. Wer weiß, wie tief dieser Schacht ist? Vielleicht stürzt er in den Tod.

Ich hätte diesem verrückten Hasen nicht folgen dürfen, denkt er.

Finn beginnt jetzt, um sein Leben zu strampeln, doch er verliert den letzten Halt und rutscht endgültig ab. Er stürzt weit

hinunter in die Tiefe. Sein Schrei hallt durch den Schacht. Finn dreht sich in unerhörtem Tempo tiefer und tiefer, bis er schließlich auf seinen vier Pfoten landet. Sie bleiben in etwas stecken, das sich weich, schlammig und ekelig anfühlt.

Ich lebe noch, stellt Finn erleichtert fest. Er versucht sich zu bewegen, doch es geht nicht.

„B-Bravo!", hört er den Hasen jetzt aus der Nähe rufen. „D-Du hast es geschafft."

„Du hast es wohl darauf angelegt, dass ich durch diesen Schacht stürze!", ruft er empört aus.

Doch dann spürt der kleine Kater die Pfote des Hasen.

„K-Komm", sagt der Hase, „i-ich helfe dir aus dem Schlamm." Und er beginnt, an Finn zu zerren. Mit vereinten Kräften und einem schmatzenden Plopp schaffen sie es schließlich, und Finn hat endlich wieder festen Boden unter seinen Pfoten.

„Hier ist es ja stockdunkel. Ich habe gedacht, meine Augen sind geschlossen, dabei sind sie offen", sagt Finn ehrlich erstaunt.

„W-Wir müssen z-zusammenbleiben", erklärt der Hase, „n-niemand will, dass du hier verloren gehst. D-Das ist ein Labyrinth mit vielen T-Tunneln, Gängen u-und Sackgassen."

Finn will auf gar keinen Fall hier verloren gehen.

Seine Augen gewöhnen sich schnell an die Dunkelheit. Er kann sehen, dass sie in einem riesigen Rohr stehen. Irgendwo tropft Wasser, und es riecht nach etwas, das Finn bekannt vorkommt. Mäusegeruch. In Finns Magen rumpelt es.

Ich habe schon lange nichts mehr gegessen, denkt er.

„H-Hier entlang!", hört er den Hasen rufen. Seine Stimme hallt schaurig von den Wänden wider.

Finn hat keine Ahnung, wo „hier entlang" ist. Er folgt dem Hasen einfach.

Schließlich erreichen sie einen weiteren Schacht, der durch ein Gitter versperrt ist. Doch zwischen den Stäben des Gitters ist Platz genug, um hindurchzuschlüpfen.

Der verrückte Hase dreht sich zu Finn um. Ein Zucken geht durch seinen Körper und er sieht aus, als würde er gleich einen Luftsprung machen.

„W-Wir sind fast da", sagt er.

„Wo denn?", fragt Finn etwas erschöpft.

„Im Traumhafen", sagt der Hase, diesmal ganz ohne zu stottern.

Und es klingt sehr geheimnisvoll.

Das geheime Losungswort

Der Hase hält vor einer kleinen Metalltür in der Mitte einer Mauer an. Mit der Pfote klopft er dagegen. Die Tür bewegt sich nicht. Stattdessen bemerkt Finn, wie sich einer der Steine in der Mauer verschiebt.

Und plötzlich ist dort, wo eben noch der Stein war, ein Loch. Raffiniert, denkt Finn.

Eine Maus springt aus dem Loch. Sie hat sich einen Eierbecher auf den Kopf geschnallt.

„Eierbecher", entfährt es Finn. Sein Gedächtnis hat ein Wort ausgespuckt, ein Wort, das eine Bedeutung hat, da ist sich Finn ganz sicher.

„Eierbecher", wiederholt er.

„Keinen Schritt weiter", piepst die Maus, und ihre winzigen Augen funkeln gefährlich. In den Händen hält sie ein spitzes Stöckchen. Ein Zahnstocher!

Finn würde die Maus am liebsten vor Freude an sich drücken. Zahnstocher, noch so ein Wort, das etwas bedeutet. Finn weiß nur nicht genau, was die Wörter für ihn bedeuten.

Die Maus hält den Zahnstocher so, als wollte sie jeden Augenblick zustechen.

„R-Ruhig Blut", erklärt der verrückte Hase und hebt dabei die Pfoten, als wollte er sich ergeben. „D-Du kennst mich, i-ich komme jeden Abend hierher, u-und das ist ein Freund."

Der Hase zeigt auf Finn.

Finn ist gerührt. Der Hase hat ihn soeben als Freund vorgestellt. Ich habe einen verrückten Hasen als Freund, denkt er.

Die Maus mustert Finn argwöhnisch.

Finns Magen gibt erneut ein Rumoren von sich.

Der Maus bleibt das nicht verborgen. Ihre Augen weiten sich, beinahe fällt ihr der Zahnstocher aus den Händen.

„W-Wir kommen in Frieden", beeilt sich der Hase zu sagen. „M-Miss Drisko erwartet uns."

Wer ist Miss Drisko? Finn spürt, dass er aufgeregt ist. Er hat keine Ahnung, was ihn erwartet.

Der Mäusewächter rückt den Eierbecher zurecht, streckt die Brust heraus, zupft am Pelz und versucht Haltung zu bewahren. Die Spitze des Zahnstochers ist noch immer auf Finn und den Hasen gerichtet.

„Na gut, das Losungswort", blafft er.

„Es grünt so grün wie Spaniens Wiesen blühen", gibt der Hase prompt zur Antwort.

Die Augen des Wächters wandern zur Decke, als hätte dort jemand das Losungswort aufgeschrieben. Dann wandert der Blick wieder zurück zu Finn und dem Hasen.

„Stimmt", verkündet er schließlich.

Er vollführt eine zackige Drehung um die eigene Achse und verschwindet im Loch.

Die Metalltür unter dem Loch öffnet sich. Finn hört eine Kette rasseln. Mit einem lauten Knall schlägt die Metalltür auf der Mauer auf und gibt einen Schacht frei.

„Die Ru-Rutsche des Todes", murmelt der Hase.

Finn sträuben sich alle Haare seines Fells.

„N-Nur ein Scherz", beteuert der Hase, „e-es wird dir gefallen."

Gefallen? Ist es so lustig wie der Sturz in den Gullyschacht?

Über ein paar Mauersteine klettert der Hase zu der offenen Schachttür. Zögernd folgt Finn ihm.

Die Rutschpartie ist von kurzer Dauer und macht wirklich Spaß. Finn landet in einem Korb voller Wäsche. Der Raum, in dem der Korb steht, ist groß. Fahles Mondlicht fällt durch ein Fenster. Es wirft einen leuchtenden Teppich auf den Boden.

Das Erste, das Finn wahrnimmt, ist Wärme, eine wohlige Wärme. Er schnuppert und spitzt die Ohren. Es riecht nach vielen Tieren. Finn hört sie atmen und in allen Tonlagen schnarchen.

„Ich bin in einer Wohnung, in einer Menschenwohnung, staunt er.

In einer Fensternische sitzen Tauben. Sie verstecken die Köpfe unter ihren Flügeln. An den Wänden stehen Kästen. In den Türen der Kästen sind noch kleinere Türen, zu denen Leitern führen.

Vor einem der Kästen auf dem Boden surrt ein kleines Rad. Im Rad rennt ein seltsames Tier mit dicken Backen. Plötzlich hält das Tier inne, das Rad dreht sich jedoch noch ein Stück weiter und hebelt den pausbäckigen Kerl aus. Er purzelt aus dem Rad und platscht auf den Boden.

Vom Lärm aufgeschreckt tauchen zwei Mäuseköpfe auf. Die Mäuse liegen in einer Hängematte, die zwischen den Kästen gespannt worden ist.

„Weiterschlafen, quak", ermahnt sie ein Frosch, drei Hänge-
matten über ihnen.

Ein stachliger Geselle in einem Körbchen dreht sich schmat-
zend und kauend von einer Seite auf die andere.

Miss Drisko

Knarzend öffnet sich eine kleine Tür in der Wand. Über der Tür ist ein Schild angebracht. „Büro", liest Finn und wundert sich, dass er lesen kann.

Aus dem Büro stürmt die dickste Ratte, die Finn je gesehen hat. Sie trägt eine Schürze, die ihre Fülle kaum fassen kann.

„Max, was soll der Lärm?", faucht sie.

Der pausbäckige Kerl, der sich eben wieder aufgerappelt hat, senkt schuldbewusst den Kopf.

Jetzt erst bemerkt die Ratte Finn und den Hasen. Sie wischt sich die Pfoten an der Schürze ab.

„Du kommst spät, verrückter Hase", bemerkt sie und ihre Augen wandern zu Finn. „Und du hast jemanden mitgebracht", stellt sie dann fest.

Finn fühlt sich unter ihrem prüfenden Blick gar nicht wohl.

„D-Das ist Miss Drisko, d-der gute Geist", beeilt sich der Hase zu erzählen. „S-sie schmeißt hier den Laden."

„Ich sorge nur für Ordnung und achte darauf, dass die Regeln eingehalten werden", korrigiert Miss Drisko den Hasen. „Eine dieser Regeln lautet, dass die Nachtruhe eingehalten wird. Schließlich beherbergen wir auch Kinder."

Der verrückte Hase nickt. „W-Wir verhalten uns m-mucks-mäuschenstill", versichert er und schnüffelt verlegen an der trockenen Blume um seinem Hals. „D-Das ist Finn", fügt er hinzu, „er b-braucht einen Platz, wo er bleiben kann, n-nur für eine Weile."

Finn überlegt, ob er Miss Drisko zur Begrüßung seine Pfote hinstrecken soll. Er tut es nicht.

„Weiß er, was das hier ist?", erkundigt sich die Ratte, an den Hasen gewandt.

Ein Zucken beutelt den Körper des Hasen.

Ohne eine Antwort abzuwarten, klärt Miss Drisko Finn selbst auf.

„Das hier ist kein Hotel", beginnt sie, „und erwarte auch nicht, dass für dich ein roter Teppich ausgerollt wird."

Finn nickt. Er hat sich gar nichts erwartet.

„Es ist ein Ort für Gestrandete, die hier eine Bleibe finden können, solange sie sich an die Regeln halten. Und die lauten:

Ordnung ist oberstes Gebot,
die Schlafstätte wird in Ordnung gehalten,
und auch die Waschgelegenheiten.
Es wird hier nicht getobt, gebrüllt, gelaufen und geraucht.
Wenn es Streit gibt, dann wird der woanders ausgetragen.
Es gibt für alle genug zu essen.
Niemand wird hier gefressen.
In der Nacht herrscht Ruhe.
Wer sich nicht an die Regeln hält, muss unverzüglich seine
Sachen packen, sofern er welche besitzt.

Hast du alles verstanden?"

Finn nickt und schluckt. Ich bin ein Gestrandeter, ein Heimat-

loser, jemand, der an Land gespült worden ist, denkt er. Aber irgendwo habe ich ein Zuhause, ganz sicher.

„Ob du alles verstanden hast?", wiederholt Miss Drisko.

Klar, ich bin doch kein Dummkopf, hätte Finn ihr gerne gesagt. Die Ratte könnte ruhig ein bisschen netter zu mir sein, findet er.

„Ja", sagt er dann und nickt noch einmal.

Der verrückte Hase stupst Finn am Arm und fordert ihn auf, ihm zu folgen.

„Hier regiert die Mondscheingäng"

Finn ist erleichtert, als sie Miss Drisko hinter sich lassen und einen Korridor erreichen. Der Korridor führt in ein kleines Zimmer, in dem eine reich verzierte alte Kommode steht. Die Schubladen der Kommode sind leicht geöffnet.

Finn wüsste nur zu gerne, ob in diesen Laden auch welche schlafen.

Vor einem dicken, bauchigen Kasten hält der verrückte Hase an.

„D-Dein neues Zuhause", verkündet er stolz.

An der Kastentür ist auch ein Schild angebracht. „Hier regiert die Mondscheingäng", kann Finn im Licht des Mondes lesen. „Eintritt nur für Gängmitglieder", steht darunter. „Was ist eine Gäng?", erkundigt sich Finn.

„D-Du kannst auch B-Bande dazu sagen. F-Früher gab es überall in der Stadt G-Gängs: die Sch-Schattenläufer, die St-Stadtaffen, die G-Ghettoblaster … Heute g-gibt es hier k-keine G-Gängs mehr. W-Wir sind nur, was übrig geblieben ist. W-Wenn du in einer Gäng bist, b-bist du nicht alleine. Ei-Einer ist für den anderen da. Ei-Eine Gäng ist wie eine F-Familie."

Das klingt schön, denkt Finn, vielleicht bin ich in einer Gäng. In einer, die der Hase nicht kennt.

„K-Komm, ich stell dir die anderen vor."

Die anderen? Finn hat auf einmal ein mulmiges Gefühl im Bauch. Sind die anderen vielleicht auch so verrückt wie der verrückte Hase?

Statt die Tür des Kastens zu öffnen, zwängt sich der Hase unter den Kasten. Unglaublich, wie flach sich ein Hase machen kann! Zögernd folgt Finn ihm. Durch ein Loch im Boden des Kastens gelangen sie ins Innere.

Raffiniert, denkt Finn.

Plötzlich wird es hell. Eine kleine Lampe spendet Licht.

Finn staunt, wie geräumig es hier drinnen ist.

Noch mehr staunt er über ein riesiges Tier, das in einem Korb liegt und träge ein Auge öffnet. Finn hätte nie gedacht, dass Katzen so riesengroß und so fett sein können.

„Hallo Crazy", begrüßt das Monstrum von einem Kater den verrückten Hasen. „Du hast wieder einmal alles verpasst."

Jetzt erst bemerkt der Kater Finn. „Oh, wen hast du uns denn da mitgebracht?"

„D-Das ist F-Finn. Er hat sein G-Gedächtnis verloren und b-braucht ein Zuhause", erklärt der Hase kurz und bündig.

„Wie bedauerlich", sagt der Kater. „Mit dir wird der Alters-durchschnitt hier im Kasten gewaltig gesenkt", bemerkt er dann, an Finn gewandt.

„Stoß an!", fordert er den keinen Kater auf, „Gänggruß." Er grinst ein breites Grinsen.

Finn boxt die ausgestreckte Pfote des Katers.

Der verzieht sein Gesicht, als hätte Finn in seine Magengrube geboxt.

„Du hast jede Menge Power für so eine kleine Pfote!", versi-chert er. „Früher einmal hätte ich so ein kräftiges Kerlchen wie dich gut gebrauchen können, in den guten alten Zeiten.

Mich nannten sie damals King Rocco. Aber heute genügt es,
wenn du Rocco zu mir sagst."

Der Kater grinst wieder und entblößt ein zahnloses Maul.

Finn hätte gerne so etwas gesagt wie „toll". Aber er weiß nicht
recht, ob er den Kater bewundern oder eher Mitleid mit ihm
haben soll.

Mit einer Kralle, der die Spitze fehlt, deutet der Kater nach
oben. „Zwei Stockwerke über uns schläft Rembrandt."

Der Kater beugt sich über den Korb hinweg so nahe an Finn
heran, dass Finn seinen Atem spürt.

„Rembrandt", flüstert er geheimnisvoll, „war einmal Agent.
Er hat einen messerscharfen Verstand und ist immer noch sehr
beweglich. Wenn einer dir helfen kann, dein Gedächtnis wiederzufinden, dann er."

Das ist gut, freut sich Finn.

Rocco stößt ein Grunzen aus und platziert seinen Kopf wieder auf den Vorderpfoten. Mit der Geschwindigkeit eines bremsenden Zuges schließen sich seine Augen.

Dann ist es still, bis Crazys Worte in die Stille platzen.

„E-Es wird Z-Zeit, dass wir auch eine M-Mütze Schlaf bekommen. Du, du musst mit meinem Bett vorliebnehmen. D-Das ist einen Stock höher, es h-hat Platz für zwei."

Der Hase drückt auf ein Knöpfchen, und das Licht erlischt.

Im Dunkeln klettern sie über ein schiefes Brett weiter nach oben.

Das Bett des Hasen ist ein mit Stroh gefüllter Sack. Das Stroh im Sack pikst ein bisschen, als sich Finn darauflegt.

Der kleine Kater atmet tief ein und aus. Er merkt auf einmal, wie müde er ist.

Das Stroh knistert, als sich der verrückte Hase neben ihm zur Wand dreht. Kann es sein, dass er schon wieder an der trockenen Blume riecht und sie küsst?

„G-G", hört Finn ihn sagen, was wohl ein „gute Nacht" hätte werden sollen.

„Gute Nacht", antwortet Finn.

Finn will schlafen, aber er kann nicht.

Er spürt eine Leere in seinem Magen und eine Leere in seinem Herzen. Vielleicht ist in diesem Augenblick jemand traurig, weil ich nicht da bin, denkt er. Vielleicht liegen meine Mama und mein Papa und meine Geschwister auch gerade wach und denken an mich. Aber vielleicht habe ich gar keine Mama und keinen Papa und keine Geschwister, und Miss Drisko hat recht, ich bin ein Gestrandeter, einer, der hierher gehört, weil er sonst nirgendwohin gehört.

Finn richtet sich auf. Diese Gedanken machen ihn ganz traurig.

Ich bin hier im Kasten der Mondscheingäng, versucht sich Finn zu beruhigen. Die Gäng wird mir helfen, mein Gedächtnis wiederzufinden. Ich habe großes Glück, sonst wäre ich nicht hier.

Finn würde sich gerne wieder hinlegen, doch er zögert. Ich muss mal, stellt er fest. Ich hätte das vorher draußen erledigen sollen, denn es geht auf gar keinen Fall hier drinnen im Kasten der Gäng.

Langsam, leise, vorsichtig, darauf bedacht, den Hasen nicht zu wecken, schiebt sich Finn vom Sack herunter. Er gleitet einen Stock tiefer und kriecht im Rückwärtsgang an Rocco vorbei.

Der Kater schnarcht, als würde er durch einen Rüssel atmen.

Finn schlüpft durch das Loch im Kastenboden und kriecht unter dem Kasten hervor. Bis hierher ist alles gut gegangen.

Plötzlich wirbelt Finn vor Schreck herum. Jemand hat ihn von hinten angestupst.

„Pssst", hört Finn da eine Stimme. „Ich wollte dich nicht erschrecken."

„Hast du aber", erwidert Finn flüsternd.

Ein Katzenmädchen mustert ihn neugierig und mit leuchtenden Augen.

Gini

„Sag bloß, du bist ein neues Mitglied der Senilenbande?", erkundigt sie sich.

„Der was?"

Das Katzenmädchen betrachtet Finn ungeniert und stochert dabei mit einer ihrer Krallen zwischen ihren Zähnen herum.

„Der Oldies, der Sabbermäuler, der alten Säcke, der senilen Knacker", antwortet sie.

„Ich bin nur zu Besuch da", erklärt Finn und ist froh, dass ihm diese Antwort so schnell eingefallen ist.

„Zu Besuch", wiederholt das Mädchen und lächelt seidig.

Finn würde gerne wissen, ob es hier so etwas wie ein Klo gibt, aber er will auf keinen Fall dieses Katzenmädchen fragen.

„Ich wollte frische Luft schnappen", erklärt er und versucht, dabei ganz locker zu klingen. „Muss ich die Rutsche hoch, um rauszukommen?"

Die Katze schüttelt den Kopf. „Es gibt einen Hof. Wenn du willst, zeige ich ihn dir. Dort kannst du auch pinkeln."

„Gut, das ist gut", sagt Finn ehrlich erleichtert, dass diese Sache damit auch geklärt ist.

„Ich heiße übrigens Gini", lässt ihn die Katze wissen.

„Finn", stellt sich Finn vor.

„Freut mich", sagt Gini und reckt schnuppernd ihr feines Näschen. „Entschuldige, wenn ich dir das sage, aber du riechst ziemlich streng, du könntest eine Katzenwäsche vertragen."

Sie schnuppert weiter.

Bitte zeige mir endlich diesen Hof, würde Finn ihr am liebsten sagen. Stattdessen wartet er jedoch höflich ab.

„Wenn mich mein Näschen nicht täuscht, lässt sich nicht leugnen, dass du ein Hauskätzchen bist", bemerkt Gini. „Stimmt es, oder habe ich recht?"

Sie setzt sich geschmeidig in Bewegung, ohne Finns Antwort abzuwarten.

Hauskätzchen?

Ich bin ein Hauskätzchen?

„Warte!", ruft er Gini nach. Ich muss mir den Weg merken, damit ich wieder zurückfinde, denkt er.

Hauskätzchen. Das Wort geistert in seinem Kopf herum.

Gini stelzt graziös durch den Korridor, und Finn setzt ihr nach.

Hauskätzchen, Eierbecher und Zahnstocher.

Jetzt ergibt alles einen Sinn. Ich komme aus einem Haus. In diesem Haus gibt es einen Eierbecher und einen Zahnstocher und …

Finn stockt. Beinahe stößt er mit Gini zusammen, die vor einer Türschwelle stehen geblieben ist.

„Ich bin auch ein Hauskätzchen", bemerkt sie wie nebenbei.

„Du meinst, du wohnst bei Menschen?", platzen die Worte nur so aus Finn heraus. Er hört sein Herz auf einmal laut klopfen.

Gini lächelt. „Klar, sonst wäre ich ja kein Hauskätzchen. Ich gehöre einem Mädchen namens Marie. Marie ist noch klein, ihre Mutter kümmert sich deshalb um mich."

Gini schließt die Augen.

„Sie füttern und sie streicheln mich", sagt sie voller Sehnsucht,
„ich sitze gerne auf ihrem Schoß. Die beiden haben mich sehr
lieb. Ich vermisse sie."

„Warum bist du denn dann hier und nicht zu Hause?", will
Finn wissen.

„Ich bin nur hier, um zu helfen", antwortet Gini. „Miss Drisko
braucht mich. Und jetzt erzähle du mir von deiner Familie."

Finn schluckt.

„Ähm", beginnt er, doch Gini scheint gar nichts weiter hören
zu wollen.

„Wie auch immer", wehrt sie ab. „Es ist besser, wenn du hier
im Traumhafen nicht von deiner Familie sprichst. Es gibt hier
viele, die schlimme Erfahrungen gemacht haben. Die meisten
haben kein Zuhause mehr und können sich gar nicht vorstel-
len, wie es ist, Teil einer Familie zu sein."

Der Hof

Aus dem Dunkel vor ihnen taucht eine Gestalt auf.

Ein Tier, das Finn nie zuvor in seinem Leben gesehen hat.

Oder wenn doch, an das er sich auf keinen Fall erinnern kann.

Es ist größer als eine Katze, struppig und hat ein breites Gesicht.

„Hallo Gini", begrüßt das Tier Gini, und es nickt Finn zu.

„Waschbär Manu ist unser Koch. Du wirst morgen erleben, was er draufhat", beeilt sich Gini zu erzählen, während sich der Waschbär an ihnen vorbeidrückt.

„Was bei uns auf den Tisch kommt, stammt aus den Mülltonnen ausgewählter Restaurants. Unsere Hafenratten sind die besten Mülltaucher. Du hast keine Ahnung, was für Köstlichkeiten die aus den Tonnen fischen!"

Finns Blase drückt. Er hat jetzt arge Bedenken, dass sie den Hof nicht mehr rechtzeitig erreichen.

Gini starrt Finn plötzlich an. „Ich rede zu viel, stimmt's?"

„Das ist alles sehr interessant", beteuert Finn.

Gini deutet auf zwei schnarchende Wächtermäuse, die an einem Fenster Wache halten. Dem Fenster fehlt eine Scheibe.

„Einer für dich, einer für mich", sagt sie und kichert. „Hier wird niemand gefressen", imitiert sie Miss Drisko. „Komm!"

Gini führt Finn an den schnarchenden Wächtern vorbei zu dem scheibenlosen Fenster. Mit einer ausladenden Geste ihrer Pfote lässt sie Finn den Vortritt und folgt ihm auf den Hof.

Abermillionen Sterne funkeln über ihnen.

Gini drückt Finn liebevoll die Pfote.

„Schlaf gut, Hauskätzchen, ich werde dich jetzt alleine lassen", verabschiedet sie sich. Für einen Moment bleibt ihr Blick an seinem hängen und Finn meint, eine Traurigkeit in ihren Augen zu erkennen.

„Gute Nacht", sagt er dann und beeilt er sich, seine Notdurft zu verrichten. Bevor er durch das Fenster zurückhuscht, sieht er noch einmal hinauf zu dem Sternhimmel.

Ich bin ganz alleine, denkt der kleine Kater.

Er schließt die Augen und versucht, sich eine Familie vorzustellen, Katzen oder Menschen, bei denen er zu Hause ist und die ihn lieb haben. Doch so sehr er sich auch bemüht – sein Gedächtnis holt nur einen Eierbecher, einen Zahnstocher und ein schwaches Gefühl hervor, das Finn nicht näher beschreiben kann. Das ist alles.

Ich bin der Freund eines verrückten Hasen, denkt Finn. Rocco, die alte, fette Monsterkatze, wird mir zur Seite stehen. Und wer weiß, was Rembrandt so alles auf dem Kasten hat.

So versucht er, sich auf dem Rückweg zuversichtlich zu stimmen. Aber er weiß nicht, ob er darüber lachen oder weinen soll.

Als Finn schließlich wieder auf dem Strohsack neben dem verrückten Hasen liegt, muss er an Gini denken. Und er stellt sich ein kleines Mädchen und dessen Mutter vor, und Gini, wie sie von ihnen gestreichelt wird. Der Gedanke ist schön. Ob auch ihn jemals jemand gestreichelt hat?

Sicher, denkt Finn und schläft endlich ein.

Rembrandt

„Soll ich etwa für dieses Kätzchen den Babysitter spielen?",
hört Finn plötzlich jemanden fragen und schreckt hoch.
Wie lange hat er geschlafen?
„Ruhig Blut, ein paar Jährchen noch, und du wirst jemanden
brauchen, der dich füttert und dir den Hintern auswischt", hält
Rocco dagegen. „Außerdem ist die Sache ganz einfach. Wir
helfen ihm, seine Erinnerungen wiederzufinden, und er ist
wieder dort, wo er hingehört."
Dort, wo ich hingehöre?
So ist das also! Sie wollen mich nur loswerden, denkt Finn und
schluckt. Das können sie haben. Ich kann auch gleich gehen.
Finn rappelt sich auf und lässt sich einen Stock tiefer gleiten.
Unten stehen Rocco und eine Ratte, die einen karierten Mantel
trägt.
Das muss Rembrandt sein, ist sich Finn sicher.
Er holt tief Luft, als müsste er weit ausholen, um zu sagen, was
er sagen möchte: Ich brauche euch nicht. Ich komme ganz gut
alleine zurecht.
„Guten Morgen", sagt er stattdessen nur.
„Hallo Kleiner, gut geschlafen?", begrüßt ihn Rocco freund-
lich und hält ihm die Pfote hin.
Finn sieht Rocco an.
„Na los, box ein, aber nicht zu heftig, wenn ich bitten darf",
fordert Rocco Finn auf und entlockt ihm ein Lächeln.
„Das hier ist Rembrandt", stellt Rocco die Ratte vor.

Rembrandt nuckelt an einer Pfeife.

Finn schluckt seine Enttäuschung hinunter und hält Rembrandt zum Gänggruß die Pfote hin.

Dieser nimmt seine Pfeife aus dem Mund, spitzt die Lippen und tut so, als würde er Rauch in die Luft blasen. Die kleine Pfeife ist aber leer. In ihr glüht nichts, das Rauch erzeugen könnte.

Finn zieht seine Pfote wieder zurück.

„Es wird nicht einfach sein", sagt Rembrandt nun, „deinem Gedächtnis auf die Sprünge zu helfen."

„Ich habe mir schon so meine Gedanken gemacht", wirft Rocco ein. „Wir brauchen einen Plan. Fürs Erste würde ich sagen …"

Der Kater kratzt sich am Hinterteil, und Finn kann förmlich sehen, wie sich die Gedanken in seinem Hirn sammeln.

„Fürs Erste sollten wir mal etwas essen. Ich habe einen Bärenhunger."

Als Rocco das Wort Hunger ausspricht, beginnt es in Finns Bauch zu grummeln. Es muss eine Ewigkeit her sein, dass er etwas zwischen die Zähne bekommen hat.

Finns heftiges Magenknurren entlockt sogar Rembrandt ein Lächeln.

„Rocco hat recht", bestätigt die Ratte. „Es ist spät, und wir haben Glück, wenn wir noch etwas bekommen. Also, worauf warten wir?"

Rocco drückt die Kastentür auf. Anders würde er bei seiner Leibesfülle auch gar nicht aus dem Kasten herauskommen.

Im Traumhafen

„Wo ist Crazy?", erkundigt sich Finn, als sie losmarschieren.

„Der besucht seine Frau", antwortet Rocco.

Aha, denkt Finn, der verrückte Hase ist also verheiratet.

Auf dem Weg zur Küche nützt Finn die Gelegenheit, sich ein wenig umzusehen. Bei Tageslicht sieht hier alles noch freundlicher und gemütlicher aus.

Da sieht er Gini, die ihm von Weitem zuwinkt. Sie ist von drei kleinen Mäusen umringt. „Hast du nach dem Frühstück Zeit?", ruft sie ihm zu.

Finn will gerade antworten, als ihm Rocco die Pranke auf die Schulter legt.

„Du hast Gini also bereits kennengelernt, ts, ts, ts", sagt er, schüttelt den Kopf und grinst dabei breit. „Gini hat Babysitterdienst", klärt er Finn dann auf. „Wenn du länger hierbleibst, wird dich Miss Drisko auch zu allem Möglichem einteilen. Das ist so sicher wie das Amen im Gebet."

„Wie lange wird Gini denn noch hierbleiben?", fragt Finn.

Tief in ihm drinnen hofft etwas, dass sie noch lange bleiben wird.

„Hat sie dir erzählt, dass sie auf Besuch ist?", mischt sich da Rembrandt ein, „oder dass Miss Drisko sie dringend benötigt?"

Finn ist verwirrt. Was sollen diese Fragen?

Rembrandt nuckelt ausgiebig an seiner Pfeife, bevor er weiterspricht.

„Sie hat dir einen Bären aufgebunden", sagt er schließlich.
„Gini wohnt hier genauso wie du und ich." Und es klingt hart,
so wie er es sagt.

„Wir haben alle unsere Geschichte", ergreift nun Rocco wieder das Wort. „Sicher wird dir Gini irgendwann einmal ihre wahre Geschichte erzählen."

Ihre wahre Geschichte? Hat sie ihn etwa belogen? Finn ist jetzt völlig durcheinander.

„Hallo Ferdinand!", begrüßt Rocco einen Frosch, der nur noch ein Bein hat und auf sie zuhüpft. Es ist der Frosch aus der Hängematte.

„Hast du es eilig, so gehe langsam", quakt der Frosch und hebt zur Begrüßung seine Krücke.

„Er macht zwar keine großen Sprünge mehr, hat aber immer noch eine große Klappe", lacht Rocco. „Hast du Lust auf eine Runde Rodeoreiten, Ferdinand?"

Der Frosch schüttelt den Kopf. „Lieber nicht, ich habe mir gerade den Bauch vollgeschlagen."

„Recht so. Genau das werden wir jetzt auch tun."

Rocco klopft dem Frosch freundschaftlich auf den Rücken.

„Miss Drisko erwartet euch bereits", lässt sie der Frosch noch wissen.

In der Küche stehen Mäusewächter herum, die so ratlos aussehen, als hätten sie ihr eigenes Losungswort vergessen.

„Na, endlich!"

Das war Miss Driskos Stimme. Sie ist unmöglich zu überhören. Die füllige Ratte drückt zwei der Wächter zur Seite, um sich Platz zu verschaffen.

„Tschuldigung die Verspätung. Wir wollten den Kleinen nicht wecken", rückt Rocco sofort mit einer Erklärung für ihr Zuspätkommen heraus.

„War mir klar. Ich habe euch etwas zurücklegen lassen", sagt Miss Drisko knapp.

Finn ist überrascht, wie fürsorglich Miss Drisko ist.

Die Rattendame stemmt nun die Hände in ihre weichen Hüften. Sie sieht besorgt aus. Dann wendet sie sich Rembrandt zu. Im Flüsterton bittet sie ihn, er möge ihr in die Speisekammer folgen.

Erst jetzt scheint auch Rocco klar zu werden, dass irgendetwas passiert sein muss.

„Setz dich erst einmal hin!", fordert er Finn auf und folgt den beiden andern in die Speisekammer.

Finn wäre lieber auch mitgegangen. Verdrossen lässt er sich an einem der Tische in der Küche nieder.

Die Tauben hinter ihm stecken ihre Köpfe zusammen und tuscheln miteinander. Reden die etwa über mich?, fragt sich Finn. Schade, dass er kein Wort von dem versteht, was sie da tuscheln.

In dem Moment bemerkt er ein Huhn, das alleine an einem Tisch in der Ecke hockt. Es sieht irgendwie seltsam aus. Plötzlich ist Finn klar warum. Das Huhn ist völlig nackt. Es hat nicht mal eine einzige Feder mehr an seinem Körper.

Alle haben hier eine Geschichte, denkt Finn. Welche Geschichte wohl dieses Huhn haben mag?

Was ist passiert?

Der kleine Kater seufzt erleichtert, als Rocco mit einem Tablett voller Köstlichkeiten zurückkommt.

„In der Nacht wurde eingebrochen", nuschelt Rocco in Finns Ohr und angelt sich ein Stück Käse von der Platte.

Eingebrochen?

„Isch was!", fordert Rocco Finn dann mit vollem Mund auf.

Finn schnappt sich eine Wurstscheibe. Er kaut und isst und kaut. Und mit jedem Bissen wird sein Hunger größer.

„Wann wurde eingebrochen?", fragt Finn dann.

„Sssss!" Rocco legt eine Pfote über sein Maul und schaut nach links und rechts, um sich zu vergewissern, dass niemand zuhört. Die Tauben blicken gurrend herüber, stecken aber gleich wieder ihre Köpfe zusammen.

Rembrandt gesellt sich zu ihnen. „Schlimme Sache", lautet sein einziger Kommentar.

Finn brennt schon vor Neugierde darauf zu erfahren, was passiert ist, doch Rembrandt und Rocco wollen anscheinend nichts dazu sagen.

Eine Spannung liegt in der Luft wie bei einem Gewitter, kurz bevor der Blitz einschlägt.

„Vielleicht sollte sich Finn ja den Tatort ansehen", durchbricht Rembrandt plötzlich die Stille. „Er kommt von außerhalb, er sieht vielleicht etwas, das wir übersehen haben."

Furchtbar gerne würde Finn den Tatort sehen!

Rocco hält im Kauen inne, antwortet jedoch nicht.

Auf einmal schiebt die Ratte ihren Sessel mit einem Ruck zurück und steht auf.

„Bist du an einem Lokalaugenschein interessiert, Kleiner?", erkundigt sie sich.

„Natürlich, sehr sogar", antwortet Finn begeistert.

Er kann kaum glauben, dass Rembrandt ihm das soeben vorgeschlagen hat.

Vor der Tür zur Speisekammer salutieren zwei Mäusewächter. In der Speisekammer steht der Waschbär mit einem Beil in der Hand – Manu, der Koch. Er schlägt wie wild auf etwas ein, aber Finn kann nicht erkennen, was es ist. Es spritzt nach allen Seiten.

„Ich – wäre – ja – nicht – so – wütend, wenn – ich – nicht – in – der – Nacht – hier – an – der – Speisekammer – vorbeigekommen – wäre! Ich – hätte – nur – einen – Blick – hineinwerfen – müssen!", ruft Manu. Bei jedem seiner Worte saust das Beil von oben nach unten.

Erst als sich Rembrandt räuspert, hält der Waschbär inne. Er legt das Beil zur Seite und putzt sich die Pfoten an seiner Schürze ab.

„Könntest du uns noch einmal erzählen, was passiert ist?", bittet ihn Rembrandt.

„Die ganze Geschichte?", fragt Manu.

„Die ganze Geschichte."

„Okay, ich erzähle die Geschichte noch einmal. Ein allerletztes Mal."

Manu zeigt mit seiner Pfote zum Fenster.

„Die Diebe sind durch das Fenster da rein, haben sich ein riesiges Tortenstück gekrallt, so groß, dass es als köstliches Dessert für eine ganze Woche gereicht hätte, und sind damit wieder raus. Das war's."

Sichtlich geknickt lässt der Waschbär Kopf und Schultern hängen.

„Du darfst dir keine Vorwürfe machen", versucht Rocco den Koch zu beschwichtigen.

„Die Nachspeise für eine ganze Woche …", wiederholt Finn leise.

Der Waschbär hebt seinen Kopf und richtet eine Pfote auf

Finn. Sein Gesicht verzieht sich auf einmal, als hätte er in eine Zitrone gebissen.

„Jetzt erkenne ich dich erst. Du bist in der Nacht hier mit Gini herumgerannt. Was habt ihr beide gemacht? Steckt ihr etwa mit den Dieben unter einer Decke?"

Finn ist wie von einem Schlag getroffen. Wie kommt der Koch darauf, ihn und Gini zu beschuldigen? Er schluckt und will etwas zu seiner Verteidigung sagen, aber sein Mund ist so trocken, als hätte er Wüstensand gefrühstückt.

„Moment", geht Rembrandt jetzt dazwischen. „Niemand wird beschuldigt, solange nichts bewiesen ist. Jeder hier könnte es gewesen sein, auch du."

„Ich?", fragt Manu empört. Dann schnappt er sich blitzschnell sein Beil und stürzt auf Rembrandt los.

„Was geht hier vor?" Miss Driskos Stimme ist so scharf, als wollte sie die Luft im Raum in Stücke schneiden.

Finn zieht den Kopf ein.

Manu und Rembrandt stehen da, als wären sie schockgefroren.

„Die Gemüter sind nur ein bisschen erhitzt", erklärt Rocco und nimmt Manu das Beil aus der Hand. Der Waschbär rümpft die Nase und verlässt die Speisekammer.

Rembrandt wird mir richtig sympathisch, denkt Finn.

„Wir werden herausfinden, was hier tatsächlich vor sich gegangen ist", beruhigt Rembrandt jetzt Miss Drisko.

Miss Driskos Blick scheint an Rembrandt zu kleben.

„Ja, oh ja, danke", haucht sie plötzlich ganz sanft und nickt.

Gut kombiniert!

„Hast du schon bemerkt, dass ich nur einen halben Schwanz habe?", erkundigt sich Rocco auf dem Rückweg, als wollte er vom Thema ablenken. Tatsächlich hat Rocco statt eines Schwanzes nur einen Stummel.

„Er hat auch ein zerfetztes Ohr und eine Narbe auf dem Rücken", ergänzt Rembrandt. „Und wenn Katzen sieben Leben haben, dann hat er so gut wie keines mehr. Wenn du länger mit Rocco in einem Kasten lebst, werden dich die Geschichten rund um seine tragischen Tode bis in den Schlaf verfolgen."

„Wirklich? Du träumst von meinen Geschichten?", staunt Rocco.

Rembrandt verdreht die Augen und tippt sich mit dem Ende seiner Pfeife auf die Stirn: „Ich doch nicht!

Sie kommen vor dem Mondscheingängkasten an und bleiben stehen.

„Ist euch in der Speisekammer auch etwas aufgefallen?", fragt Rembrandt und sieht dabei Finn an.

Finn denkt nach.

„Manu hat an Gewicht zugelegt. Wenn er so weiterfrisst, wird er noch so fett wie ich", sagt Rocco.

„Ist das alles?"

„Nein, ich vermute, dass der Dieb eine Schwäche für Süßspeisen hat", fügt Rocco hinzu.

„Gut. Was sagst du, Finn, ist dir was aufgefallen?" Rembrandt zeigt mit seiner Pfeife auf Finns Brust.

Ja, Finn ist tatsächlich etwas aufgefallen. „Ähm", beginnt er etwas unsicher. „Das Fenster lässt sich nur von innen öffnen. Wenn jemand durchs Fenster hereingekommen ist ..."

„... dann muss es zuvor jemand geöffnet haben. Oder es ist schon offen gewesen", vollendet Rembrandt Finns Satz und zieht kräftig an seiner Pfeife. „Gut beobachtet und exakt kombiniert, Kleiner." Er schiebt seine Augenbrauen anerkennend in die Höhe.

„Außerdem wäre es nicht einfach gewesen, das Tortenstück im Ganzen bis zum Fenster zu heben", fügt Finn noch hinzu.

„Korrekt", bestätigt Rembrandt. „Der oder die Täter hatten also Komplizen, oder sie sind gar nicht von draußen hereingekommen. Was bedeuten würde, sie weilen unter uns."

Rocco beginnt zu husten, als hätte er sich verschluckt.

Rembrandt hat es plötzlich sehr eilig. „Ich muss los, um ein paar Befragungen durchzuführen", sagt er.

„Aber wir wollten doch Finn helfen, sein Gedächtnis wiederzufinden", wirft Rocco ein.

„Das werden wir, das werden wir", versichert Rembrandt. „Alles zu seiner Zeit." Und mit diesen Worten verlässt er die Speisekammer.

„Ja, dann", sagt Rocco zu Finn, „ich muss auch los. Ich muss mal auf den Hof. Hat dir schon jemand erklärt, was der Hof ist?", erkundigt er sich. Finn nickt.

„Gut, dann nütze die Gelegenheit und sieh dich ein wenig um!" Rocco hält Finn seine Tatze zum Gänggruß hin, und Finn schlägt ein.

Jojo, Till und Fee

Vielleicht muss ich mich alleine auf die Suche nach meinem Gedächtnis machen, überlegt der kleine Kater. In dem Moment wird er jäh aus seinen Gedanken gerissen.

Drei Mäusekinder rennen auf ihn zu. Sie springen aufgeregt an ihm hoch und bringen ihn fast aus dem Gleichgewicht.

„Hey, was tut ihr da? Nicht so wild!", ruft Finn.

Hinter den Mäusen taucht Gini auf.

„Sieger!", hört Finn eines der Mäusekinder rufen.

Gini lächelt. „Ich habe ihnen gesagt, wer als Erster dein Ohr erwischt, hat gewonnen", gesteht sie.

„Eine tolle Idee", sagt Finn.

Alle drei Mäuse hocken jetzt auf Finns Schulter und halten sich an seinen Ohren fest.

„Sieger, Sieger, Sieger!", rufen sie im Chor.

Behutsam setzt Finn ein Mäusekind nach dem anderen auf den Boden.

„Habt ihr auch Namen?", erkundigt er sich.

„Klar", antworten die Mäuse. „Jojo, Till und Fee. Spielst du mit uns? Wahr oder gelogen, wahr oder gelogen!", rufen sie und tanzen um Finn und Gini herum.

Finn muss schmunzeln. „Okay", gibt er sich geschlagen.

Die drei Mäusekinder müssen sich kurz beraten, dann stellen sie ihre erste Frage.

„Essen Katzen Käse?"

Finn überlegt. Rocco scheint alles zu fressen.

„Wahr", sagt er.

Die Mäusekinder jubeln.

Zweite Frage: „Bist du in Gini verliebt?"

Finn schüttelt den Kopf.

„Natürlich nicht, ähm, gelogen", antwortet er schnell, vielleicht etwas zu schnell.

„Jetzt ist aber Schluss", beendet Gini das Verhör.

„Nöööööö!", quengeln die Mäuse.

„Ihr habt noch etwas zu tun", betont Gini.

Mit hängenden Köpfen ziehen die Mäusekinder schließlich ab.

„Ihre Eltern wurden von einer Katze gefressen", erzählt Gini. „Es grenzt an ein Wunder, dass sie zu mir so ein Vertrauen haben. Aber ich habe auch lange daran gearbeitet."

„Jeder hat so seine Geschichte", sagt Finn.

„So, meinst du? Erzählst du mir deine?", fragt Gini, und ihre Stimme ist plötzlich weich wie frischer Kuchen.

Finn atmet tief ein.

Gini wartet gespannt.

„Meine Geschichte ist schnell erzählt", beginnt Finn und räuspert sich. „Ich habe mein Gedächtnis verloren. Ich kann mich nur an meinen Namen erinnern. Wenn ich ein Zuhause habe, dann weiß ich nichts davon. Ich gehöre sozusagen hierher."

Stille.

Gini starrt Finn an.

Finn senkt verlegen den Kopf und betrachtet seine Pfoten.

„Das tut mir leid", sagt Gini da leise und tastet mit ihrer Pfote nach seiner.

„Und du?", fragt Finn.

Gini drückt sanft seine Pfote. „Ich muss gehen", sagt sie dann, „ich darf die Kleinen nicht zu lange alleine lassen. Mach's gut!"

Und mit diesen Worten huscht sie um die Ecke und ist verschwunden.

„Das werde ich", sagt Finn mehr zu sich selbst.

Der Chor der Ratten

Auf dem Rückweg zum Gängkasten kommt Finn an einer alten Truhe vorbei, aus der Musik tönt. Die Seitenwand der Truhe ist zugleich eine Tür. Finn zögert, aber er ist neugierig. Mit der Pfote drückt er gegen die Tür. Sie öffnet sich mit einem stöhnenden Knarzen. Finn schaut vorsichtig durch den Spalt.

Drinnen steht eine Gruppe von Ratten, die im Chor ein Lied trällern. Ihr Gesang verstummt jedoch augenblicklich, und alle Rattenaugen richten sich auf Finn.

Der Dirigent, eine Ratte mit einem Stäbchen in der Hand, gibt Finn ein Zeichen, dass er in die Truhe kommen soll.

Finn springt mit einem Satz hinein und schließt die Tür hinter sich.

„Hallo", sagt Finn.

„Hallo", begrüßt ihn auch der Dirigent. „Wir sind der Seemannschor. Alte Hafenratten in Rente, die gerne singen. Wir proben für Miss Driskos Geburtstag. Es wird eine Überraschungsparty geben, aber das ist alles streng geheim!"

„Von mir erfährt niemand ein Sterbenswörtchen", versichert Finn.

„Das ist gut!"

Der Dirigent klopft mit seinem Stäbchen auf einen Notenständer, und schon heben die Ratten wieder zu singen an.

Sie singen mit vollem Körpereinsatz und mit großer Begeisterung. Ihre Lieder sind traurig und fröhlich zugleich, findet Finn.

„Und? Wie gefällt es dir?", will der Dirigent am Ende des Liedes wissen.

„Es klingt schön", antwortet Finn, „ich habe das Gefühl, auf hoher See zu sein."

Die Antwort gefällt dem Dirigenten.

„Habt ihr das gehört?", ruft er den anderen zu.

Die Chorratten heben johlend ihre Tatzen. „Yeahhhhh!"

Finn bleibt noch eine ganze Weile bei ihnen und lauscht fasziniert ihren Liedern.

Der Verdacht

Am späteren Nachmittag taucht Crazy plötzlich wieder auf.
Der Hase drückt Finn zur Begrüßung.
Es tut Finn gut, den Hasen wiederzusehen.
„Sch-Schöne Grüße soll ich dir ausrichten von meiner O-
Ophelia. D-Das ist meine Frau", erklärt er.
„Habe ich mir gedacht", sagt Finn.
„H-Hat das Ding zwischen d-deinen Ohren schon was ausge-
s-spuckt?"
Als Finn nicht sofort reagiert, hilft Crazy nach: „D-Dein
Gedächtnis."
Finn schüttelt den Kopf. „Leider nicht."
„M-Morgen ist auch noch ein Tag", tröstet ihn der Hase.

So etwas Ähnliches hört Finn am Abend auch von Rocco,
nachdem sich alle Gängmitglieder im Kasten versammelt
haben.
Rembrandt ist mit seinen Gedanken immer noch ganz beim
nächtlichen Einbruch. Wieder und wieder schüttelt er den
Kopf.
„Ich sage euch, an dieser Sache stinkt etwas ganz gewaltig. Die
Wächtermäuse widersprechen einander. Ferdinand behauptet,
etwas gesehen zu haben, das sich als völliger Unsinn erwiesen
hat. Ich bin mir sicher, die Diebe sind unter uns."
Rembrandts Blick bleibt an Rocco hängen.
„Was siehst du mich so an?", braust dieser auf.

„Du", Rembrandt deutet mit seiner Pfeife auf den Kater, spricht aber nicht weiter.

„A-Also i-ich habe damit nichts zu tun", versichert Crazy und hebt beide Pfoten, als wollte er sich ergeben. „W-Wir werden deshalb auch sicher k-keinen Streit beginnen."

„Natürlich nicht", sagen Rembrandt und Rocco wie aus einem Mund.

„D-Dann wünsche ich euch allen ei-eine gute Nacht", verabschiedet sich der Hase, und Finn tut es ihm gleich.

Die Stimme im Traum

In dieser Nacht hat Finn einen Traum. Er steht vor Miss Driskos Tür und liest das Schild, das darüber angebracht ist. Doch
er kann die Buchstaben nicht entziffern. B-B-Bü-Bü-Bür-
Bürrr-Bürrrrrro – er buchstabiert es so, als müsste er lesen
lernen. Eine seidige Stimme hilft ihm dabei. Sie buchstabiert
mit ihm gemeinsam, zieht die Silben zusammen.
Jemand bringt mir das Lesen bei, denkt Finn.
Er dreht sich um, um zu sehen, wer es ist.
Doch da ist niemand.

Am nächsten Morgen ist der Traum noch so nah, als hätte ihn
Finn eben erst geträumt.
Dieser Traum ist wichtig, denkt Finn. Ich kann lesen. Jemand
muss es mir beigebracht haben. Wer auch immer das gewesen
ist, hat eine helle und angenehme Stimme. Wenn ich ihn oder
sie finde, finde ich dann vielleicht auch den Schlüssel zu allem?
Finn überlegt, ob er den anderen seinen Traum erzählen soll.
Doch die Betten der Gängmitglieder sind leer. Finn findet
einen Zettel, auf dem eine Nachricht steht: „Wir sind frühstü-
cken. Crazy."
Finn ist überrascht. Er hätte Rembrandt zugetraut, dass er
lesen und schreiben kann. Aber Crazy? Vielleicht ist der verrückte Hase ja gar nicht so verrückt.

Wo alles begonnen hat

„Morgen, Schlafmütze", wird Finn von Rocco begrüßt.
Die Gäng sitzt an einem der Tische in der Küche vor vollen Tellern.
„Wir haben eben einen wichtigen Entschluss gefasst", verkündet der Kater. „Aber das soll dir Rembrandt selbst erklären."
Rembrandt nimmt die Pfeife aus dem Mund. „Ich muss gestehen", sagt er, „ich stecke bei meinen Nachforschungen fest."
„Wenn eine Tür zufällt, ist es gut, eine andere zu öffnen", spricht Rocco weiter.
Rembrandts Blick lässt ihn verstummen.
„In der Tat ist es manchmal von Vorteil, etwas Abstand zu einem Fall zu gewinnen. Deshalb haben wir beschlossen, uns heute deiner Angelegenheit anzunehmen."

Rembrandt zieht kräftig an seiner Pfeife, und Crazy wirft Finn einen aufmunternden Blick zu.

„Mein erster Gedanke dazu ist", sagt die Ratte und bläst nicht vorhandenen Rauch in die Luft, „dass wir an den Ort zurückkehren, an dem dich Crazy gefunden hat."

„Deshalb ist es wichtig, dass wir eine Wegzehrung mitnehmen", ergänzt Rocco mit vollem Mund.

Finn wird sofort ganz aufgeregt vor Begeisterung. Zu dem Ort zurückzukehren, wo mich Crazy gefunden hat, das ist eine tolle Idee! Rembrandt hat wirklich etwas auf dem Kasten, denkt er.

„Bitte l-lang zu. D-Du musst e-etwas essen, b-bevor wir aufbrechen", sagt Crazy und reicht Finn ein Stück Käse.

Käse? Finn ist so voller Vorfreude, dass er auch einen Käse verdrücken kann. Zu seiner Überraschung schmeckt er vorzüglich. Während er kaut, denkt er daran, wie es sein wird, wenn er sein Zuhause gefunden hat und nicht mehr hier ist. Und für einen Augenblick ist er sich gar nicht so sicher, ob er wirklich nach Hause möchte.

Rocco, der Monsterkater, beendet sein Mahl mit einem Geräusch, das die Wände erzittern lässt.

„War das gut!", sagt er und seufzt zufrieden. „Bist du satt geworden, Finn?"

Finn nickt.

Auch Rembrandt und Crazy haben ihre Teller leergegessen. Dann stehen sie alle vier von ihren Plätzen auf.

Der Aufbruch

Hoffentlich müssen wir nicht durch den Kanal, kommt es Finn in den Sinn. Ob ich womöglich diesen Gullyschacht wieder hochklettern muss?

„D-Der Traumhafen h-hat auch einen Vorderausgang", sagt Crazy da, als hätte er Finns Gedanken gelesen. „A-Allerdings sind wir h-hier in einem Keller und m-müssen in ein St-Stiegenhaus und d-dann bei der Haustür r-raus."

„Das ist etwas riskant", sagt Rembrandt. „Die anderen Hausbewohner wissen nicht, dass wir uns in der Kellerwohnung einquartiert haben. Das ist gut so, und so soll es auch bleiben."

„Alleine können wir die Haustür aber nicht öffnen", erklärt Rocco. „Das muss ein Mensch für uns machen."

„Ich habe den Kommandanten bereits wissen lassen, dass wir einen Ausgang anstreben", sagt Rembrandt.

„Also, worauf warten wir noch?", drängt Rocco.

Sie verlassen sie die Wohnung und gelangen ins Stiegenhaus. Dort werden sie von einem der Mäusewächter angehalten und müssen hinter einem Mauervorsprung versteckt warten.

Vielleicht wäre es durch den Gullyschacht doch einfacher gewesen, überlegt Finn. Er spürt sein Herz klopfen.

Plötzlich hört er ein Geräusch. Die Haustür wird geöffnet. Schritte. Ein Mensch ist eingetreten. Das geht ja schnell!, freut sich Finn.

„Los, los, los", zischt der Mäusewächter und gibt ihnen das Zeichen zu laufen.

Und sie rennen los, rennen auf die Haustür zu, die bereits wieder ins Schloss zu fallen droht. Die beiden Wächter versuchen, das zu verhindern. Ein lächerlicher Versuch. Der verrückte Hase ist als Erster zur Stelle. Statt hindurchzuhuschen, hilft er den beiden Mäusewächtern, die Tür aufzuhalten. Finn schlüpft zuerst hinaus, ihm folgt Rembrandt.

„Ich schaffe es nicht", keucht Rocco.

Finn wirbelt herum und presst die Pfote vor den Mund, so schlimm ist der Anblick. Rocco steckt im Türspalt fest. Crazy steht hinter ihm und versucht, die Tür aufzustemmen. Rembrandt zerrt an Rocco, und jetzt packt auch Finn zu.

„Ich sterbe!", jammert Rocco. „Ich werde zerquetscht! Entzweigerissen!"

„Bewege deinen Hintern und tu was!", brüllt Rembrandt.

Das wirkt Wunder. Plötzlich stemmt der Kater selbst die Tür so weit auf, dass er sich befreien kann.

Mit einem waghalsigen Sprung über Rocco hinweg durch einen Hauch von Spalt gelingt es auch Crazy, heil aus dem Haus herauszukommen.

„Habt ihr das gesehen?", ruft er aus. „Rocco in Bestform!"

Crazy putzt sich das Fell.

Der Tag draußen empfängt sie kühl. Es ist noch früh und die Straße recht belebt. Autos stehen wartend und mit laufenden Motoren vor einer Ampel. Es wird ungeduldig gehupt. Menschen hasten aneinander vorbei. Sie scheinen alle ihren Gedanken nachzuhängen und bekommen nicht viel mit von dem, was um sie herum passiert. Sonst hätten sie vielleicht die eigenartige Truppe entdeckt, bestehend aus einem sehr kleinen Kater, einem sehr dicken Kater, einem Hasen, der sich seltsam zuckend vorwärtsbewegt, und einer Pfeife rauchenden Ratte im Mantel.

Finn und die Gäng nutzen Büsche, Mülltonnen und Fahrzeuge, um dahinter in Deckung zu gehen.

Die Komiker

Crazy hoppelt voran. Immer wieder zwingt ihn das heftige Zucken, das durch seinen Körper fährt, kurz anzuhalten. Die anderen stören sich aber nicht im Geringsten daran, sondern warten geduldig, bis es weitergeht.

Beim Überqueren einer Parkwiese stellen sich ihnen plötzlich zwei Ratten in den Weg.

„Sieh an, sieh an. Ich dachte, du wärst mausetot", sagt eine der beiden an Rocco gewandt. Sie entblößt grinsend einen halben Zahn. „Ist das deine neue Gäng?"

Die beiden Ratten tauschen belustigte Blicke aus, dann klopfen sie sich auf ihre Schenkel und lachen schallend. „Das müssen wir Gonzo erzählen!", prustet eine der beiden.

Auf einmal ist ein pfeifendes Geräusch zu hören. Es klingt so, als wollte ein kaputter Plastiksack Luft holen.

Roccos Pranke ist ausgefahren und hat sich eine der Ratten gekrallt. Er hält sie dicht vor sein Gesicht, während ihre Hinterläufe hilflos in der Luft zappeln.

Der zweiten Ratte ist das hämmische Lachen im Hals stecken geblieben.

„Hört zu, ihr Komiker", sagt Rocco, „ich habe eurem Gonzo die Windeln gewechselt. Ich erwarte mir Respekt!" Und mit diesen Worten lässt er die jämmerlich herumbaumelnde Ratte fallen.

Die rappelt sich auf und streicht sich wütend das Fell glatt. „Das war ein Fehler!", krächzt sie.

„Was war ein Fehler? Dass ich euch laufen lasse? Echt jetzt?", fragt Rocco. „Seht lieber zu, dass ihr wegkommt."

Die beiden verdrücken sich schnell in die Dunkelheit.

Finn ist beeindruckt. In dem fetten Kater steckt mehr, als er gedacht hat.

„War das notwendig?", fragt Rembrandt. „Ich will auf keinen Fall erleben, dass die beiden Kerle mit einer Horde rachedurstiger Ratten zurückkommen."

„Wenn sie das tun sollten, mache ich sie platt", erwidert Rocco.

„E-Es ist gleich dort vorne", mischt sich Crazy jetzt ein und zeigt auf die Straße am Ende der Wiese.

Tatsächlich kommt Finn die Straße bekannt vor.

„Da ist die Kreuzung!", ruft er erregt. „Dort habe ich Crazy eingeholt. Und weiter hinten hat er mich gefunden!"

Seine Beine fangen von alleine an zu laufen, als könnten sie es nicht abwarten, ihn dorthin zu tragen, wo alles angefangen hat.

Der verbotene Garten

„Aus den Büschen dort haben mich die beiden Kater angestarrt. Und hier muss ich aufgewacht sein", erzählt Finn aufgeregt.

Crazy, Rocco und Rembrandt kommen außer Atem bei Finn an.

„D-Da waren zwei St-Streuner, i-ich habe sie verjagt", bestätigt Crazy. „D-Die haben gedacht, s-sie können sich aufspielen."

„Das tun sie alle", brummt Rocco.

„Seht euch das an! Ich habe da etwas Verdächtiges gefunden!", unterbricht sie Rembrandt. Er stochert mit dem Ende seiner Pfeife in einer Tomate herum, daneben liegt ein Stück Eierschale. „Es sieht hier aus wie in einem Gemüseladen. Dort hinten liegen auch Kartoffeln."

„Kartoffeln?" Finn zögert. In seinem Kopf spürt er ein Kribbeln. Hat Rembrandt tatsächlich eine heiße Spur entdeckt? Leider können Tomaten und Kartoffeln nicht sprechen.

Der kleine Kater schließt die Augen, schnuppert, dann öffnet er sie wieder. Langsam setzt er eine Tatze vor die andere und wandert um die Büsche herum. Sein Blick richtet sich in die Ferne, bis er an einem Haus hängen bleibt. Dieses Haus ... Finn stockt der Atem. Er fühlt es, und auf einmal ist es Gewissheit. Dieses Haus ist sein Zuhause! Es ist das Haus, in dem er aufgewachsen ist. Also ist er ganz in der Nähe seines Zuhauses gewesen. Vor Freude springt ihm fast das Herz aus der Brust, und er rennt los. Zwischen ihm und dem Haus befindet sich nur ein Garten. In dem Garten stecken jede Menge Tafeln.

„Halt, Stop", liest Crazy den anderen vor. Hätte Finn ihn gehört, hätte er sich gewundert, dass der Hase beim Lesen nicht stottert. „Betreten des Rasens strengstens verboten."
„Dagegen ist Miss Drisko ja ein Waisenkind", meint Rocco.
„Privatgrundstück. Vorsicht, bissiger Hund …"
Die drei Gängmitglieder sehen einander an.
„W-Warte!", ruft der verrückte Hase hinter Finn her, „d-du hast d-die Tafeln nicht gelesen!"

Der Höllenhund

Doch Finn hört den Hasen nicht. Er muss in dieses Haus. Hier wird er alles finden, wonach er sucht. Und nichts kann ihn mehr aufhalten.

Plötzlich nimmt er ein Geräusch wahr, und im selben Moment sieht er, woher es kommt.

Was auf ihn zurast, ist wie das alles verschlingende Ende der Welt. Es ist ein Höllenhund mit weit aufgerissenem Maul, aus dem eine lange Zunge herausbaumelt wie eine rote Krawatte. Glitzernde Speichelfäden tropfen aus seinen Lefzen.

Finns Aufregung hat sich in lähmende Angst verwandelt. Erde spritzt, und muskulöse Beine tragen den Höllenhund in Windeseile näher. Für Finn hat die Zeit sich verlangsamt, ihm ist, als würde das Ende direkt auf ihn zukommen, ein Ende, das sich viel Zeit lässt.

Wie betäubt nimmt er dann wahr, dass jemand ihn nach hinten wegzieht, während er die Kette anstarrt, die der Höllenhund hinter sich herschleift.

Er hört ihr Rasseln, er sieht, wie sie sich spannt, wie die Hinterläufe des Hundes an den Vorderläufen vorbeisausen, wie das Tier in die Höhe gerissen wird und für einen Augenblick in der Luft verharrt, bevor es hart am Boden aufprallt und ein jämmerliches Jaulen ausstößt.

„Sieben Leben, sieben Leben!", hört Finn in dem Moment Rocco sagen, „jetzt hast du nur noch sechs, Finn!"

Rocco ist es, der ihn gerade noch rechtzeitig zurückgerissen hat. Finn kann es kaum fassen. Er ist noch am Leben! Der Höllenhund hat ihn nicht gepackt. Seine riesigen Zähne haben ihn nicht zermalmt.

Finns Beine zittern.

„Agatha", stammelt er und japst nach Luft. „Sie heißt Agatha!"

„Wer?", will der verrückte Hase wissen.

„D-Der Hund." Jetzt ist es Finn, der stottert.

„Wir treten den Rückzug an", befiehlt Rembrandt.

Crazy packt Finn an der Pfote.

„K-komm!", fordert er ihn auf.

Finn zögert. „Sie ist harmlos", sagt er plötzlich.

„Wie bitte? Sie hätte dich beinahe in Stücke gerissen!", hält Rocco dagegen. „Hast du schon einmal eine Katze gesehen, die von einem Hund zerfleischt …"

Finns Herz klopft immer noch bis zum Hals. „Agatha hätte mir nichts getan", sagt er.

„W-Wir k-kommen ein anderes Mal wieder her", beruhigt ihn Crazy und zieht ihn hinter sich her.

„Was hat dein Gedächtnis denn noch ausgespuckt?", will Rembrandt wissen.

Finn denkt nach.

„Das Haus", antwortet er dann. „Es ist mein Zuhause."

„Bist du dir da sicher?", fragt Rocco.

„Ganz sicher."

„Was ist mit dem Mann?", hakt Rembrandt nach.

„Welcher Mann?" Finn sieht Rembrandt verständnislos an.

„Der Mann, der hinter dem Hund aus dem Haus gekommen ist. Der Mann mit dem Gewehr. Kennst du ihn?"

„Gewehr?", wiederholt Finn und hat das Gefühl, dass etwas Schweres sich auf seine Brust legt.

„I-Ich hab's", verkündet Crazy plötzlich und sorgt dafür, dass alle schlagartig stehen bleiben. Bevor der Hase weiterreden kann, schüttelt er den Kopf so heftig, dass seine Ohren nur so flattern.

„F-Finn", sagt er, „i-ist ein Fall für Ma-Madame Medusa."

Finn will sofort abwehren. Er ist gar kein Fall für irgendjemanden.

„Wir müssen zum Haus zurück", drängt er.

Rembrandt zieht kräftig an seiner Pfeife und nickt. „Warum sind wir nicht gleich darauf gekommen?", fragt er.

„Weil Madame Medusa Anhaltspunkte braucht!", ruft Rocco.

„Und die haben wir jetzt gefunden!"

„Stimmt", bestätigt Rembrandt. Er holt eine Kartoffel aus seiner Manteltasche. „Wie gut, dass ich sie mitgenommen habe."

Er lächelt zufrieden.

Finn ist unglücklich.

Warum hört keiner auf ihn?

Die Rückkehr

„W-Wir nehmen den Gullyschacht", schlägt Crazy vor.
Rembrandt nickt.
„Seid ihr von allen guten Geistern verlassen?", ereifert sich
Rocco. „Der Schacht ist mörderisch! Auf gar keinen Fall passe
ich durch das winzige Loch im Kanaldeckel."
„Wir öffnen und schließen den Deckel. Finn wird uns dabei
helfen, wir schaffen das", beschließt Rembrandt.
Finn ist mit seinen Gedanken noch immer bei Agatha, dem
Haus und dem Mann mit dem Gewehr.
„D-Du musst vor M-Madame Medusa keine Angst haben.
S-Sie ist nett, du wirst sehen", versichert Crazy.
„Ich habe keine Angst", sagt Finn.
„E-Es wird alles gut", beruhigt ihn der Hase noch einmal.
Finn gibt sich geschlagen und folgt der Gäng.

Diesmal kann Finn sehen, wo sich die Leiter am Schachtrand
befindet. Rocco füllt mit seiner Leibesfülle den Schacht aus.
Beim Klettern stellt er sich aber äußerst geschickt an.
„Echo!", ruft der Kater vergnügt, als er von der letzten Spros-
se springt.
Er bekommt tatsächlich eine Antwort.
Auch diesmal verlangt der Wächter mit dem Eierbecherhelm
das Losungswort. Es ist nach wie vor dasselbe und kommt aus
allen Mündern gleichzeitig.

Im Traumhafen herrscht große Aufregung. Angeblich gibt es Neuigkeiten zu dem dreisten Nachspeisendiebstahl.

Rembrandt ist nicht mehr zu halten. „Madame Medusa läuft uns nicht weg", sagt er, an Finn gewandt. „Ein bisschen Ruhe wird dir guttun. Und vielleicht kommen ja auch ein paar Erinnerungen von alleine zurück."

„Oh, i-ich muss z-zu meiner Frau", sagt Crazy da und hoppelt zurück dorthin, von wo sie gerade gekommen sind.

„Warum wohnt seine Frau nicht hier im Traumhafen?", will Finn wissen.

„Äh, hm", druckst Rocco herum.

Er schweigt einen Moment.

„Das ist seine Geschichte", sagt er schließlich, „die soll er dir selbst erzählen. Aber wenn du willst, erzähle ich dir etwas anderes."

Rocco tut geheimnisvoll.

Finn ist gespannt.

Das Geheimnis

„Ist es ein Geheimnis?"

Der kleine Kater legt den Kopf schief. Wenn das Geheimnis Miss Driskos Geburtstag ist, kenne ich es schon, denkt er.

„Komm mit", fordert der fette Kater ihn auf, „ich muss dir etwas zeigen."

Der Kater kichert und führt Finn zu einem weißen Metallkasten mit einem runden Fenster darin.

„Das ist eine Waschmaschine", erklärt er Finn im Flüsterton. Er sieht sich verstohlen nach allen Seiten um. Dann klopft er viermal lang und einmal kurz auf die Seitenwand der Waschmaschine.

Langsam öffnet sich das runde Fenster, und eine Ratte steckt ihren Kopf heraus.

„Nur einmal hineinschauen", flüstert Rocco, bevor die Ratte etwas sagen kann. Sie zögert, und schließlich willigt sie ein. Rocco schiebt seine Vorderpfoten vor, so dass Finn auf seine Schultern klettern kann.

Ein köstlicher Duft empfängt sie, eine Mischung aus Schlagobers und Beeren. Im Inneren der Waschmaschine steht ein großes Tortenstück auf einem Teller. Es wird von vier Ratten bewacht.

„Ist es das Tortenstück, das geklaut worden ist?", fragt Finn mit großen Augen, nachdem ihn Rocco wieder zu Boden gelassen hat.

Rocco grinst. „Gut kombiniert! Das wird eine Überraschung!

Vor allem Miss Drisko darf nichts davon erfahren." Er wischt
sich mit der Pfote übers Maul. „Das Allerbeste dabei ist", sagt
er dann, „dass Rembrandt immer noch im Dunklen tappt."
Für einen Augenblick ist Finn versucht, zu Rembrandt zu laufen, um ihm alles zu erzählen. Doch er verwirft diese Idee
sofort wieder.

Den Rest des Tages streift Finn im Traumhafen umher. Er
wünscht sich, Gini zu begegnen. Aber das Katzenmädchen ist
wie vom Erdboden verschluckt.
Seine Gedanken kehren immer wieder zum Haus zurück und
zu dem Mann. Etwas ist in diesem Haus passiert, das kann
Finn spüren. Etwas Schlimmes, Schreckliches. Und dieses
Schreckliche hat mit dem Mann zu tun, da ist er sich ganz
sicher.
Aber was ist passiert?

Madame Medusa

„Guten Morgen, Schlafmütze", wird Finn am nächsten Tag von Rocco geweckt.

Oh nein! Finns Kopf fühlt sich an wie ein riesiger Ballon.

„Wenn du erst einmal gefrühstückt hast, geht es dir gleich wieder besser", meint Rocco.

Das Frühstück wird diesmal von Manu höchstpersönlich serviert. Der Koch scheint wie ausgewechselt zu sein. Sicher weiß auch er schon, wer hinter dem Diebstahl steckt.

„Guten Morgen, meine Herren", begrüßt er die Gäng. Während er sie bewirtet, trällert er ein Liedchen vor sich hin.

„Ich habe bereits mit Madame Medusa gesprochen", informiert Rembrandt Finn. „Sie erwartet dich nach dem Frühstück."

Finn nickt schwach.

„Habt ihr eine Ahnung, warum hier alle so gut gelaunt sind?", fragt Rembrandt dann in die Runde.

Rocco, Crazy und Finn schütteln den Kopf. Finn schämt sich ein bisschen. Er findet es gemein, dass nur Rembrandt nicht in das Geheimnis eigeweiht worden ist.

Nach dem Frühstück kommt zu Finns Kopfschmerzen noch ein Ziehen im Bauch dazu, und das hat nichts mit dem Frühstück zu tun. Finn ist aufgeregt. Er hat das Gefühl, auf einem Brückengeländer zu stehen, während Hunderte andere darauf warten, dass er endlich springt.

„T-Tut nicht weh", beruhigt ihn Crazy.

Zu dritt führen sie Finn nach dem Frühstück hinaus in den Hof. Dort, in einem etwas verborgenen Winkel, steht etwas, das Finn noch gar nicht aufgefallen ist. Es ähnelt einem Zelt und ist rund und bunt.

Rembrandt schlägt ein Tuch zurück und verschwindet darin. Alle anderen warten.

„Sie macht keinen Firlefanz", sagt Rocco zu Finn. „Ich meine, sie spuckt dir nicht auf die Pfote und liest darin deine Zukunft."

Das will ich hoffen, denkt Finn. Er versucht, seine Aufregung hinunterzuschlucken, was ihm aber nicht gelingt.

„S-Sie ist gut", beteuert Crazy.

Rembrandt schaut aus dem Zelt und winkt Finn herbei.

Finn sieht Rocco und den Hasen an.

„Kommt ihr etwa nicht mit?"

„E-Es ist b-besser, d-du gehst alleine", sagt der Hase.

Als Finn das Zelt betritt, staunt er nicht schlecht. Madame Medusa ist niemand anders als das nackte Huhn.

„Komm nur, komm nur", gackert sie, „ich beiße nicht."

Madame Medusa legt ihren Kopf schief und nickt wohlwollend.

Rembrandt gibt Finn ein Zeichen, dass er sich auf eine Art Bett legen soll. Ein angenehmes weiches Licht erfüllt das Zelt, und es riecht gut.

Erwachende Erinnerungen

Madame Medusa legt einen ihrer Flügel auf Finns Stirn.
„Schließ deine Augen."
Ihre Stimme klingt ruhig. Auch sie selber strahlt eine große
Ruhe aus. Eine Ruhe, die sich auf Finn überträgt. Er hat auf
einmal das Gefühl, als würde er in einem warmen Wasser
liegen. Sein Kopf wird ganz leicht, der Druck ist weg, auch das
Ziehen im Bauch ist verschwunden.
„Ich möchte, dass du dir das Haus vorstellst", sagt Madame
Medusa. Ihre Stimme kommt von weit her.
Finn sieht das Haus vor sich.
„Du öffnest die Tür und betrittst dieses Haus. Was siehst du?"
„Es ist hell. Ich sehe ..." Finn stockt. „Ich sehe eine Frau ...
weich und warm wie frisch gebackenes Brot."
„Was tut die Frau?"
„Sie ... bügelt", sagt Finn und staunt über seine Worte. „Sie ist
groß. Ihr Gesicht ist voll, sie lächelt freundlich und beugt sich
zu mir, um mich zu streicheln. Henriette. Sie heißt Henriette."
„Sehr gut", sagt Madame Medusa.
Sie drückt ihm irgendetwas in die Pfote. Finn will es wegschie-
ben. Es ist die Kartoffel. Sie macht, dass sich Finns Herz
zusammenzieht. Dass es wehtut. Finn will sich aufrichten,
doch Madame Medusa hält ihn sanft zurück.
„Der Mann", sagt sie dann, „kannst du ihn sehen?"
Finn sieht den Mann. Er ist Polizist gewesen, früher. Manchmal trägt er auch jetzt noch seine Uniform. Er ärgert sich über

Kinder, die an seiner Tür läuten und weglaufen, wenn er herauskommt. Der Mann steht jetzt vor Finn. Der Mann presst seine Lippen zusammen. Aber er ist nicht wütend. Alles ist ganz anders. Finn sieht den Schmerz in den Augen des Mannes. Es ist der Schmerz des Mannes, ein großer Schmerz. Finn fällt es wie Schuppen von den Augen. Plötzlich ist alles wie hell erleuchtet, und die Erinnerung ist wieder da. Er sieht die Frau. Sie streicht ein Brot, wie sie es jeden Morgen tut. Sie streicht ein Brot für den Mann. Doch plötzlich fällt ihr das Messer aus der Hand, das Brot entgleitet ihr und dann fällt sie, sie fällt auf den Boden wie eine große, weiche Wolke. Finn sieht den Mann, der nicht fassen kann, was passiert, so wie Finn es auch nicht fassen kann. Und doch weiß er es. Die Frau ist nicht mehr in ihrem Körper. Ihr Körper ist nur mehr eine Hülle, die auf den Boden gefallen ist und liegen bleibt. Für immer. Henriette ist gegangen.

Dann hört Finn sich schluchzen.

Madame Medusas Flügel streicht über seinen Kopf.

„Es ist gut, es ist alles gut", hört Finn sie sagen, und er fühlt sich getröstet, auch wenn nichts gut ist, auch wenn gar nichts gut ist.

Der Mann hat alles verloren. Er hat die Frau verloren, die sich um ihn gesorgt hat, die für ihn da war, die für ihn alles war.

Plötzlich wird Finn klar, dass nicht nur der Mann die Frau verloren hat.

Auch ich habe Henriette verloren. Ich bin ihr Kater gewesen, denkt er.

Er spürt einen Schmerz tief in seinem Herzen, und ihm kommen die Tränen.

Dann hört er eine feine Stimme, hell und dünn wie ein Faden. Es ist die Stimme aus seinem Traum. Sie sagt seinen Namen, „Finn", und sie wiederholt ihn immer wieder, „Finn, Finn". Und diese Stimme tröstet ihn.

Der kleine Kater richtet sich auf. Er verspürt den Wunsch, alles zu erzählen. Sein Blick fällt auf die Kartoffel in seiner Pfote.

„Der Mann heißt Henri", sagt er atemlos.

Auf einmal muss er lachen, und er wischt sich die Tränen weg.

„Henri und Henriette. Sie waren ein Paar. Er ist Polizist gewesen. Sie war seine Welt, und die ist an diesem Tag für ihn zusammengefallen wie ein Kartenhaus. Er ist so wütend geworden, als hätte Henriette Schuld daran."

Finn presst eine Pfote auf sein Herz. Er spürt, wie es pocht.

„Warum ist er denn so wütend geworden?", fragt Rembrandt in die Stille hinein.

„Weil sie ihn verlassen hat", antwortet Finn. „Weil sie gestorben ist."

„Und deshalb hast du dein Gedächtnis verloren?" Rembrandt zieht an seiner Pfeife.

Finn schüttelt den Kopf.

„Nein. Das ist erst später passiert."

Finn ist sich jetzt ganz sicher.

„In dem Haus ist noch jemand", sagt er. „Jemand, der vielleicht alles weiß."

„Wir können noch einmal zurück", schlägt Madame Medusa
vor.

„Nein", winkt Finn ab. „Ich muss in das Haus zurück."

Rembrandt nimmt erneut einen tiefen Zug aus seiner Pfeife.

„Darüber reden wir noch", sagt er dann. „Fürs Erste ist es
genug."

Als sich Finn von Madame Medusa verabschiedet, hat er das
Bedürfnis, sie zu umarmen.

„Danke, Madame Medusa, Sie haben mir sehr geholfen", sagt
er.

Das Huhn gackert vergnügt. „Schön, das freut mich", sagt es.

Draußen werden sie sofort von Rocco und Crazy bestürmt. Finn muss noch einmal alles bis ins kleinste Detail erzählen. Crazy fängt auf einmal an zu schluchzen. „D-Da das ist j-ja so traurig. I-Ich glaub, es i-ist an der Zeit, dass ich dir meine Geschichte erzähle, Finn. A-Aber d-das k-kann ich nicht hier." Die Augen des Hasen glänzen feucht.

„M-Möchtest du mich b-begleiten, Finn?", fragt er, und seine Frage klingt wie eine Bitte.

Finn nickt. Es ist plötzlich ganz still geworden.

„Das ist gut", sagt Rembrandt schließlich, „ich habe noch einen Fall abzuschließen. Vielleicht begleitest du mich, Rocco?"

Rocco will abwehren, doch Rembrandt lässt nicht locker.

Crazys Geschichte

Finn und der verrückte Hase machen sich auf den Weg.

„M-Meine Frau ist m-meine große Liebe, m-musst du wissen", erzählt der Hase. „H-Habe ich d-dir erzählt, d-dass wir v-viele Kinder haben? A-Aber sie sind alle weit verstreut. I-Ich hab den Überblick verloren."

Crazy strahlt von einem Schlappohr zum anderen.

„I-Ich hab O-Ophelia schon a-als Kind gekannt", erzählt er weiter. „I-Ihre E-Eltern haben sie vor mir g-gewarnt. I-Ich habe damals schon Crazy geheißen."

Der Hase kichert und hält sich die Pfote vor den Mund. Plötzlich bleibt er stehen und deutet auf eine niedrige Mauer. „D-Dort hinten ist es."

Finn kann sich schon denken, was dort hinten ist. Als sie um die Mauer herumgehen und er die vielen Kreuze sieht, weiß er es. Es ist ein Friedhof.

Crazy hoppelt an Gräberreihen vorbei auf einen kleinen, grasbewachsenen Hügel zu. Oben auf dem Hügel wächst ein üppiger Strauch, der in voller Blütenpracht steht. Finn erkennt die Blüten sofort wieder. Eine von ihnen trägt Crazy an seinem Halsband.

Der Hase wartet, bis auch Finn oben angekommen ist.

„I-Ich komme jeden Tag hierher", erzählt er.

Finn spürt einen Kloß im Magen.

Als der Hase weiterspricht, klingt seine Stimme ganz feierlich und er stottert kein bisschen mehr.

„Hier haben wir uns verabschiedet, Ophelia und ich. Danach habe ich sie begraben. Ophelia hat versprochen, für immer bei mir zu sein. Es ist verrückt, aber wenn ich hier bin, habe ich das Gefühl, sie ist bei mir. Wir reden miteinander."

Die Augen des Hasen füllen sich mit Tränen, die über seine Wangen kullern.

Plötzlich muss Finn auch weinen.

„Nein, nein", sagt der Hase, „das wollte ich nicht. So etwas Verrücktes aber auch, jetzt heulen wir hier beide wie Schlosshunde."

Finn wischt sich die Tränen aus dem Gesicht.

„Glaubst du, dass Henriette auch hier begraben ist?", fragt er den Hasen.

„V-Vielleicht. S-Sehen wir nach."

Sie finden einen frischen Erdhügel mit einem schlichten Holzkreuz, auf dem ein Name steht: „Henriette Vogelweider" und darunter ein Datum.

„D-Das m-muss es sein."

Finn findet den Erdhügel kalt und trostlos.

Crazy nimmt die frische Blüte, die er von dem Strauch gepflückt hat, und überreicht sie Finn. Finn zögert, dann legt er die Blüte auf den Erdhügel. Sofort sieht der Hügel ganz anders aus. In Finns Herzen regt sich etwas, das sich wie eine Erinnerung an etwas sehr Schönes anfühlt.

Er nimmt sich vor, Crazy ab nun öfter hierher zu begleiten.

Der Streit

Als Finn und Crazy wieder im Quartier der Mondscheingäng ankommen, ist dort gerade eine laute Unterhaltung im Gange.

„Du hast mich angeschmiert! Alle sind eingeweiht worden, nur ich nicht!"

Rembrandt sticht bei jedem Wort mit dem Mundstück seiner Pfeife in Roccos Schwabbelbauch.

„Aber ich habe dir die Chance gegeben, einen Fall zu lösen. Und du hast es wie immer mit Bravour geschafft", entgegnet Rocco.

„Du hast mich getestet", braust Rembrandt auf.

„Ich habe deine Gehirnzellen trainiert."

„Entschuldigt, dass ihr das mitanhören müsst. Aber dieser fette Kater spielt seine Spielchen mit mir", sagt Rembrandt.

„Da redet gerade der Richtige. Wer hat mir denn einen Regenwurm in meinen Burger gelegt, nur um zu beweisen, dass ich ein Allesfresser bin?", fährt Rocco auf.

„Es geht dir also um Rache?" Rembrandt starrt Rocco böse an.

„E-Entschuldigung", mischt sich Crazy ein. „D-Dürfen wir auch erfahren, w-worum es geht?"

„Dieser Kater hat mit seinen Komplizen ein Tortenstück geklaut!"

„I-Ich weiß", entgegnet Crazy. „W-Weil M-Miss Drisko nie erlaubt hätte, d-dass wir es für s-sie aufsparen."

Finn wäre jetzt am liebsten gegangen.

Rembrandt steht kurz davor zu platzen.

„Seid ihr etwa alle eingeweiht, sogar Finn?"
Finn nickt verlegen.
„Es gibt Wichtigeres zu tun als zu streiten", lenkt Rocco ab.
Rembrandt versucht, die angestaute Luft wegzuatmen.

Die Dosencombo

„St-Stimmt", stimmt Crazy ihm zu. „W-Wir haben noch k-keine Instrumente."

„Raus auf die Straße, ran an die Dosen, dass es nur so wummert, scheppert und klatscht!", ruft Rocco aus.

Dabei klopft er seinen Körper ab, als wäre der eine Trommel, eine sehr weiche Trommel.

„Wir s-sind nicht nur eine G-Gäng, w-wir sind auch eine B-Band", erklärt Crazy Finn.

„Kommt schon, ihr Schlafmützen, die Nacht gehört der Gäng!", ruft Rocco.

Rembrandt gibt sich geschlagen und lächelt gequält, als ihm Rocco auf die Schultern klopft.

Sie verlassen den Traumhafen durch die Haustür. Diesmal dauert es länger, bis die Tür von einem Menschen geöffnet wird. Doch dafür geht danach alles glatt.

„Der Mond steht am Himmel wie ein Spiegelei, eine Nacht wie ich sie liiiiebe", beginnt Rocco euphorisch zu singen.

Finn ist nicht ganz bei der Sache. Die Gedanken an Henri und Henriette, Crazy und Ophelia lassen ihn nicht los.

Vor einer Ansammlung von Mülltonnen machen sie Halt.

Rembrandt klopft mit dem Mundstück seiner Pfeife die Tonnen ab. Als in einer der Tonnen ein leises Scheppern zu hören ist, nicken Crazy und Rocco anerkennend. Daraufhin wird die Tonne geplündert.

„Eine Dose für jeden!", verkündet Rembrandt.

Rocco ist begeistert. In seiner Dose kleben noch Bohnen, die er sofort vernascht.

Finns Dose glänzt golden.

„S-Seid ihr bereit?"

Crazy klopft mit einem seiner Hinterläufe den Takt.

Rembrandt reibt seine Pfeife an der Dose und erzeugt ein schnarzendes Geräusch.

Rocco trommelt los, und jetzt kann sich auch Finn nicht mehr halten.

Was die vier nicht bemerkt haben, ist, dass sie längst beobachtet werden.

Von allen Seiten treten auf einmal Ratten ins Mondlicht. Einige von ihnen klopfen mit ihren Pfoten die Mülltonnen ab, andere schnappen sich ebenfalls Dosen.

Als eine weibliche Rattenstimme anfängt zu singen, beginnt die Stimmung zu kochen.

Finn bekommt eine Gänsehaut unter seinem Fell. Musik verbindet. Vor den Ratten müssen sie sich in dieser besonderen Nacht nicht fürchten. Es wird getrommelt, was das Zeug hält.

Spät und mit etlichen Dosen ausgestattet kehren sie in den Traumhafen zurück.

Die Dosen bringt Rembrandt in seinem Abteil unter.

Finn ist so müde, dass er wie ein Stein auf den Strohsack fällt. Madame Medusas sanfte Hühnergackerstimme begleitet ihn ins Reich der Träume.

Ein waghalsiges Unternehmen

Am nächsten Tag liegt Spannung in der Luft. Nur noch einen Tag dauert es bis zu der Überraschungsparty für Miss Drisko. Alle Bewohner des Traumhafens sind bemüht, Miss Drisko weiter im Dunkeln tappen zu lassen. Gleichzeitig laufen die Vorbereitungen auf Hochtouren.

Nur Finns Gedanken sind ganz woanders. Wer bist du, fragt er sich immer wieder und meint damit die Stimme, die seinen Namen gerufen hat. Ich kann nicht länger warten, entscheidet er schließlich.

Zufällig läuft er Gini über den Weg und nützt die Gelegenheit, sie zu fragen, ob es einen dritten, geheimen Ausgang gibt.

Über Ginis Gesicht huscht ein Lächeln. „Was hast du vor? Haust du ab?"

„Ich erzähle dir alles, wenn ich wieder da bin", versichert Finn.

„Also haust du nicht ab?"

Finn schüttelt den Kopf.

Gini scheint zufrieden darüber zu sein.

Der dritte, geheime Ausgang entpuppt sich als waghalsige Kletterei. Vom Hof aus geht es über Efeuranken auf einen Dachvorsprung. Von dort hangelt sich Finn weiter und lässt sich auf einen Balkon fallen. Vom Balkon aus kann er bereits die Straße sehen. Er muss nur noch über den dicken Ast eines Baumes balancieren – für einen geschickten kleinen Kater ein Kinderspiel.

Dennoch ist Finn erleichtert, als er endlich auf der Straße landet.

Er versucht sich zu orientieren. Die Häuser sehen alle sehr ähnlich aus.

Da fällt ein Schatten auf Finn. Erschrocken hebt er seinen Kopf. Zwei Hände greifen nach ihm.

„Mama, schau, was für ein hübsches Kätzchen!", ruft ein Mädchen entzückt. Es drückt Finn an sich. „Es hat sich verlaufen. Wir müssen es mit nach Hause mitnehmen. Darf ich?"

Die Mutter kommt und streichelt Finn.

Mitnehmen? Finn wird sofort panisch.

„Sicher gehört es jemandem", sagt die Mutter.

„Und ob ich jemandem gehöre!", miaut Finn, doch sie verstehen ihn nicht.

„Gib mir das Kätzchen", fordert die Frau ihre Tochter auf. Als das Mädchen ihr den kleinen Kater hinhält, erkennt Finn seine einzige Chance. Er strampelt wild mit den Hinterbeinen und befreit sich so aus den Händen des Mädchens.

„Das Kätzchen hat mich gekratzt!", jammert das Mädchen.

Doch das hört Finn schon nicht mehr. Schnell wie ein Blitz flitzt er davon.

Erst nach einer Weile wagt er sich umzudrehen. Zum Glück sind ihm das Mädchen und seine Mutter nicht gefolgt.

Das ist knapp gewesen, stellt Finn erleichtert fest. Er ist völlig außer Atem.

Gemeinsam geht alles leichter

Finn wird erst jetzt klar, dass er sich auf der Parkwiese befindet, wo sie tags zuvor den beiden Ratten begegnet sind. Ratten können sehr unangenehm sein. Auf keinen Fall möchte er ihnen alleine über den Weg laufen. Er hat den Gedanken eben zu Ende gedacht, als er eine Gestalt hinter einem Baum vorbeihuschen sieht.

Finn duckt sich und presst seinen Körper ganz flach an den Boden. Er spürt das kühle Gras. Wären jetzt nur Rocco, Rembrandt und Crazy hier, wünscht er sich. Vorsichtig hebt der den Kopf und schnuppert. Von der Sonne geblendet kann er kaum etwas erkennen.

Doch da, noch eine Gestalt! Finn kneift die Augen zusammen. Dieses Rucken und Zucken kommt ihm sehr bekannt vor. Ist das etwa Crazy? Das kann nur der verrückte Hase sein! Ein Freudenschauer überkommt ihn. So schnell er kann, saust er auf den Hasen zu.

„N-Na, d-du bist mir einer", begrüßt ihn Crazy. „H-Haust einfach o-ohne uns ab."

„Da ist ja unser Ausreißer", begrüßt ihn auch Rocco. Die beiden klopfen einander ab. Rembrandt taucht auf. Er nuckelt an seiner Pfeife.

„Und ich hab schon gedacht, du bist einer von uns und machst keine dummen Sachen im Alleingang", sagt die Ratte säuerlich.

Ich bin einer von euch, will Finn sagen, doch er schweigt.

„Wir alten Säcke sind ihm einfach zu langsam", meint Rocco.

„I-Ich finde auch, d-du solltest nicht so h-hart mit ihm sein",
sagt Crazy, an Rembrandt gewandt.

„Wir wissen ja gar nicht, ob er uns überhaupt dabeihaben
möchte", sagt Rocco und sieht Finn fragend an.

„Klar will ich das!", beeilt sich Finn zu sagen.

„Schön, dann haben wir jetzt nur noch ein Problem. Und das
heißt Agatha."

Und der fette Kater imitiert einen sabbernden Hund.

Ein guter Plan

„Das Problem ist leicht gelöst", sagt Rembrandt. „Wir wissen, wie lang die Kette ist. Du stellst dich in sicherer Entfernung vor ihn hin und wackelst mit deinem Hintern. So kurzsichtig kann Agatha gar nicht sein, dass sie darauf nicht anspringt. Und wir anderen stürmen währenddessen das Haus."

„Und dann rennt ihr dem Alten mit dem Gewehr in die Arme, Herr Meisterdetektiv", erwidert Rocco.

Rembrandt schluckt. Damit hat der fette Kater recht.

„Vielleicht kommen wir auch so rein. Wir schleichen uns an das Haus heran", schlägt Finn vor.

„Schleichen ist langsames Gehen. Dieser junge Kater weiß unsere Fähigkeiten zu schätzen", erklärt Rocco. „Also. Mir nach!"

Vorsichtig nähern sie sich dem Haus.

Von Agatha ist weit und breit nichts zu sehen.

„V-Vielleicht haben wir G-Glück und sie ist mit H-Herrchen G-Gassi", sagt Crazy.

„Es wäre für mich eine Katastrophe, wenn ich mein Geschäft an der Leine verrichten müsste", meint Rocco.

„Seid doch leise!", mahnt Rembrandt.

Finn schiebt sich an den anderen vorbei und tippt Rocco auf die Schulter.

Der hält augenblicklich an.

„Wäre ein offenes Fenster eine Hilfe, um ins Haus zu gelangen?", fragt Finn ihn und bekommt vor Aufregung kaum noch Luft.

„Und ob!", antwortet der Kater.

„Wenn du das schmale Fenster neben dem Holunderbusch meinst, würde ich vorschlagen, dass wir Rocco als Aufpasser zurücklassen", sagt Rembrandt.

„Vorschlag angenommen", beeilt sich Rocco zu antworten.

Das Wiedersehen

Im Gegensatz zu der Kletterpartie, die Finn bereits hinter sich hat, ist der Einstieg durch das Fenster eine leichte Übung. Im Haus sind Stimmen zu hören. Die drei Eindringlinge spähen in alle Richtungen.

„Ein Radio", flüstert Rembrandt.

Crazy hebt die Nase und schnuppert.

„H-Hier riecht alles nach H-Hund. Wenn H-Henri da ist, dann ist A-Agatha auch im Haus", sagt er und sieht etwas besorgt aus.

„Wie geht es jetzt weiter? Nach wem sollen wir Ausschau halten?", erkundigt sich Rembrandt flüsternd.

Wenn ich das nur wüsste, denkt Finn und antwortet: „Nach oben", ohne zu wissen warum, einfach so aus dem Bauch heraus.

Über einen abgewetzten Teppich, der die Stufen einer Holztreppe bedeckt, gelangen sie in das obere Stockwerk. Die Treppe knarzt verräterisch unter dem Gewicht des Hasen.

„I-Ich kann nichts d-dafür", flüstert dieser.

„Weiter", drängt Rembrandt.

Im oberen Stockwerk gelangen sie in einen schmalen dunklen Korridor mit Türen auf beiden Seiten.

„Ohne Lärm zu machen, bekommen wir keine dieser Türen auf", stellt Rembrandt sachlich fest.

Crazy schüttelt wild zuckend seinen Kopf und kneift seine Augen zusammen.

Finn sieht sich verzweifelt um. Er wünscht sich, die Erinnerungen würden nur so über ihn hereinprasseln, doch da passiert nichts.

Aber … Moment. Da ist doch etwas. Ein winziges Loch, ein kleiner Spalt, dort wo der Rahmen einer der Türen am Boden endet. Finn hält die Luft an. Geduckt und völlig lautlos schleicht er auf das Loch zu. Er drückt seine Nase dagegen, spürt einen leichten, kühlen Windhauch und riecht einen vertrauten Geruch. Und in dem Moment spuckt sein Gedächtnis einen neuen Namen aus.

„Jeremie", flüstert Finn. Er legt sein Ohr an das Loch.

„Niemand zu Hause?", flüstert Rembrandt, der schon ungeduldig wird.

Finn zögert. „Jeremie", haucht er noch einmal in das Loch hinein.

„D-Da", sagt Crazy.

Und tatsächlich. Ein winziges Schnäuzchen mit zitternden Härchen erscheint.

„Sag, dass es kein Traum ist", hören die drei eine feine Stimme piepsen.

„Es ist kein Traum! Ich bin es, Finn!"

Eine winzige Maus kommt aus dem Loch gekrochen. Für eine Tausendstelsekunde bleibt sie stehen, dann saust sie auf Finn zu, springt an ihm hoch und vergräbt sich in seinem Fell.

„Ich habe gewusst, dass du kommst! Du hast es mir versprochen, und du hast dein Versprechen gehalten. Du hast dein Versprechen gehalten!"

Jeremie

Finn setzt die kleine Maus behutsam auf den Boden.
„Jeremie, ich habe mein Gedächtnis verloren. Ich weiß leider nicht einmal mehr, was ich dir versprochen habe."

Jeremie starrt Finn an. „Du kannst dich an gar nichts erinnern? Auch nicht an mich? Wir sind Freunde!", piepst sie.
„Doch, an das kann ich mich erinnern", beruhigt Finn die Maus.
„Du hast versprochen, dass du zurückkommst, um mich zu holen, und jetzt bist du hier!", strahlt Jeremie.

„Kannst du mir auch sagen, warum ich fortgegangen bin?",
will Finn wissen, obwohl er die Antwort bereits ahnt.

„Weißt du noch, dass die gute Henriette gestorben ist?", fragt
das Mäuschen.

Finn nickt.

„Henri ist danach furchtbar traurig geworden", erzählt Jeremie weiter.

„Er hat meinen Anblick nicht mehr ertragen", fährt Finn selbst
fort. Auf einmal ist die Erinnerung wieder da. Eine Erinnerung, die schmerzt.

„Ja", bestätigt Jeremie, „immer wenn er dich gesehen hat,
musste er an Henriette denken."

„Und deshalb wollte er mich fortschicken, zu anderen Menschen."

„Aber du wolltest nicht zu anderen Menschen. Agatha hat dir
von einem Hafen erzählt, wo Tiere ein Zuhause finden, die
kein Zuhause haben."

„Stimmt!" Finn lächelt, und seine Pfoten fassen nach der
Maus. „Und du wirst es nicht glauben, ich habe diesen Hafen
gefunden! Wir kommen von dort."

Er deutet auf Crazy und Rembrandt. „Das sind meine Freunde."

„Wirklich?!" Jeremie ist offensichtlich beeindruckt.

Agatha

„Wir sollten jetzt gehen", mischt sich Rembrandt ein, „ich höre Hundegebell."

„I-Ich kann schon mal v-voraushoppeln", schlägt Crazy vor.

„Etwas muss ich unbedingt noch wissen", sagt Finn und schaut die Maus an. „Wie habe ich mein Gedächtnis verloren?"

„Das weiß ich auch nicht", gesteht Jeremie, „aber ich kann es mir denken. Erinnerst du dich noch, dass die Kinder sich immer Späße mit Henri erlaubt haben? Sie haben nur an der Tür läuten müssen, und schon ist Henri angesprungen wie ein Traktor mit tausend PS."

„Ja, ich erinnere mich", sagt Finn.

„Kurz nachdem du weggegangen bist, haben sie unser Haus mit Eiern beworfen."

„Jetzt ist mir alles wieder klar!", jubelt Finn.

Rembrandt sieht Finn verständnislos an.

„Henri hat sich eine Flinte gebastelt", erklärt Finn. „Die Flinte hat er anstelle von Patronen mit Kartoffeln und Eiern geladen. Damit hat er herumgeballert."

„Er wollte die Kinder nicht treffen", unterbricht ihn Jeremie.

„Aber er hat mich getroffen", sagt Finn.

Da kommt Crazy aufgeregt zurückgehoppelt.

„R-Rocco w-wird g-gefressen!", ruft er.

„Agatha!", entfährt es Finn.

Rembrandt, Finn und Jeremie sausen sofort los. Crazy hoppelt hinter ihnen her.

„Wo bleibt ihr denn? Die Bestie wird mich gleich in Stücke reißen!", hören sie Rocco verzweifelt rufen. „Ich wiege eine Tonne. Wie lange, glaubt ihr, kann ich mich noch an einer Regenrinne festhalten?"

Jeremie ist auf Finns Schulter geklettert. Zu dritt starren sie aus dem Fenster.

„Der Hund ist wie sein Herrchen", stellt Rembrandt fest. „Springt an wie ein Traktor."

Finn setzt Jeremie ab. „Ich weiß, wie ich Rocco retten kann", sagt er.

„Bist du dir auch ganz sicher?", fragt Rembrandt, während Finn in Windeseile aus dem Fenster klettert.

„D-Der K-Kleine ist noch v-verrückter als ich", stottert Crazy, „u-und verdammt mutig."

Finn springt durchs Gras. Er versucht, Agathas Aufmerksamkeit auf sich zu lenken, und er hat Erfolg.

Der Hund lässt von Rocco ab und wendet sich Finn zu, der viel einfacher zu erwischen ist. Als sich Agatha wild kläffend auf ihn stürzt, hat Finn das Gefühl, noch einmal dieselbe Situation wie am Tag zuvor zu erleben. Diesmal ist die Kette jedoch lang genug und wird Agatha nicht bremsen. Finn weiß, dass er nicht davonlaufen darf. Als hätte er das schon tausendmal gemacht, hebt er die Pfoten und schließt seine Augen ganz fest zu. Werden Agathas Zähne ihn packen oder …

Als Finn die Augen wieder öffnet, steht Agatha vor ihm, mit weit aufgerissenem Maul und aufgestellten Haaren im Nacken.

„Ich bin es doch!", miaut Finn und legt so viel Kraft in seine Stimme, wie er aufbringen kann. „Erkennst du mich denn nicht?"

Agatha legt ihren Schädel schief, als könnte sie so besser hören. Geifer tropft aus ihrem Maul.

Dann kläfft sie, aber nur ein einziges Mal.

„Finn?", fragt sie und kommt schnüffelnd näher.

„Ja, Finn", sagt Finn.

Da beginnt Agathas Schwanz auf einmal zu wedeln.

„Finn!" ruft sie aus. „Du bist es! Du weißt, meine Augen sind nicht mehr die besten, und meine Nase erst recht nicht."

„Ich habe den Traumhafen gefunden", beeilt sich Finn zu erklären.

„Wirklich? Das ist ja schön!", freut sich Agatha.

Finn gibt den anderen ein Zeichen, dass sie kommen können.

„Sie tut euch nichts", versichert er, da sie noch zögern.

Rembrandt und Crazy nähern sich mit großem Respekt und begrüßen Agatha, die sie beschnüffelt.

Rocco bleibt hinter Finn stehen. Ganz geheuer ist die Hündin ihm noch immer nicht.

„Du hast mich gerettet", flüstert er in Finns Ohr. „Danke!"

„Ich hätte nicht gedacht, dass es den Traumhafen wirklich gibt", sagt Agatha.

„Wir können dir versichern, dass es ihn gibt", sagt Rembrandt.

„Allerdings ist für Hunde dort kein Platz", fügt Rocco hinzu.

„R-Rocco!", ermahnt ihn Crazy.

„Ist denn noch Platz für eine kleine Maus?", fragt Finn.

„Klar", versichert Rocco.

„Bist du also gekommen, um Jeremie mitzunehmen", meint Agatha und nickt. „Ich würde ja auch gerne mit euch gehen, aber jemand muss hier bei Henri bleiben."

„Ja. Henri würde dich bestimmt sehr vermissen", sagt Finn.

„Du meinst, ich passe zu dem alten Spinner?"

Finn nickt und zwinkert Agatha zu.

Sie verabschieden sich herzlich voneinander. Agatha gibt allen ihre Pfote. Sogar Rocco taut auf und erklärt Agatha den Gänggruß.

Auf dem Heimweg hat Finn das Gefühl, auf Wolken zu gehen. Er drückt Jeremie an sich und erzählt ihm vom Traumhafen.

Miss Drisko heißt Jeremie freundlich willkommen und klärt ihn über sämtliche Hausregeln auf.

„Das tut sie bei allen", erklärt Finn Jeremie, während sie weitergehen.

„Hier regiert die Mondscheingäng", liest Jeremie, als sie vor dem Kasten angekommen sind, und Finn erkennt wieder die feine Stimme aus seinem Traum.

„Was ist eine Gäng?", will Jeremie wissen.

„Deine neue Familie", antwortet Finn.

Dann schaut er etwas unsicher in die Runde. Noch hat nämlich niemand gesagt, dass Jeremie auch im Kasten wohnen darf.

„D-das M-Mäuschen hat a-auf unserer M-Matratze noch Platz, n-nicht wahr, Finn?", fragt da der verrückte Hase zu Finns großer Erleichterung.

„Du kommst gerade rechtzeitig, denn morgen steigt hier eine große Party", verkündet Rocco.

Rembrandt nuckelt an seiner Pfeife und schweigt.

Finn zeigt Jeremie das Loch unter dem Kasten.

In der Nacht kuschelt sich Jeremie ganz nah an Finn.

„Hat der Hase die Blume geküsst?", flüstert er ihm ins Ohr.

Doch Finn schläft schon tief und fest und hört nichts mehr.

Das Geburtstagsfest

Am nächsten Morgen ist der Traumhafen kunterbunt geschmückt. Überall hängen Tafeln: „Heute darf Lärm gemacht werden. Heute hauen wir auf den Putz. Wir gratulieren Miss Drisko. Miss Drisko ist die Beste. Hart und herzlich …"

„Aber nein, das ist doch nicht nötig! Warum habt ihr euch das alles angetan?" Miss Drisko hat vor lauter Freude Tränen in den Augen, als sie von dem pausbäckigen Max in die Küche geleitet wird.

Ferdinand, der Frosch, hält eine kurze Rede. „Was wäre der Traumhafen ohne eine gute Seele?", beginnt er, und am Ende klatschen alle.

Der Chor der Ratten stimmt ein Geburtstagslied an. „Wie schön, dass Miss Drisko geboren ist …"

Danach wird Miss Drisko unter Tränen der Rührung von allen gedrückt.

„Eine große Familie", sagt Jeremie, der auf Finns Schultern hockt.

„Stimmt", sagt Finn und wischt sich ebenfalls eine Träne von der Wange.

„Wir kommen nun zum Höhepunkt", verkündet Rocco.

„Was kommt denn jetzt noch?", fragt Miss Drisko verwundert.

Begleitet vom Dosentrommelgetöse der Mondscheingäng öffnet sich die Tür zur Speisekammer.

Sechs Ratten und Manu, der Koch, kommen heraus. Sie tragen ein riesiges Tortenstück, auf dem eine Kerze brennt.

Mit einem Aufschrei schlägt Miss Drisko die Pratzen über ihrem Kopf zusammen.

„Ihr Gauner!", ruft sie aus, aber natürlich ist sie nicht böse.

Alle klatschen, als Miss Drisko die Kerze ausbläst. Danach wird das Tortenstück von Manu in Stücke geteilt, so dass alle etwas davon abbekommen.

Der Seemannschor nimmt wieder Aufstellung, und dann geht die Feier erst so richtig los. Rembrandt, Rocco und Crazy unterstützen den Rattenchor mit Trommeleinlagen. Jeremie und Jojo, Till und Fee haben sich gefunden und tanzen ausgelassen zu der Musik.

Finn fällt auf, dass er Gini unter der Schar der fröhlich Feiernden nicht entdecken kann. Er sucht und findet sie im Hof.

Sie steht allein da und schaut hinauf in den Sternenhimmel.

Finn nähert sich ihr vorsichtig. Als hätte sie ihn gespürt, dreht sie sich zu ihm um. „Hallo Finn."

„Hallo."

„Ich habe gehört, du hast alle deine Erinnerungen wiedergefunden", sagt sie.

„Und meine Familie", ergänzt Finn. „Meine Familie ist jetzt hier. Ich bin hier zu Hause."

Ihre Blicke treffen sich. Gini senkt den Kopf und blickt verlegen zu Boden.

Finn verspürt den Wunsch, sie zu umarmen. Doch sie kommt ihm zuvor und drückt sich an ihn.

„Ich möchte dir etwas erzählen", sagt sie.

Und eine neue Geschichte fängt an.

Eine herrlich gruselige Geschichte, in der ein Koffer voll Gespenster das Leben dreier Kinder auf den Kopf stellt!

Mit einem Zwillingsbruder, der nur Unfug im Kopf hat,
ist es leicht, der Brave zu sein.
Das ändert sich schlagartig, als Valentin einen Koffer findet,
der ihm die Haare zu Berge stehen lässt.

Neben Humor und Spannung finden sich in Stefan Karchs
Geschichten feine, zärtliche Botschaften, die zum Erfolg
seiner Bücher beitragen.

Stefan Karch
Ein Koffer voll Gespenster
Ab 8/9 Jahren, 104 Seiten
14,5 x 20,5 cm, Hardcover
ISBN 978-3-7074-1580-3

ROBIN und SCARLET

Ein Junge mit magischen Fähigkeiten
ist hinter Will her.
Will soll an einem Verbrechen schuld sein,
das noch gar nicht begangen wurde.
Will ist auf der Flucht ... Doch was wird nun mit
seiner Schwester Lea passieren,
die er zurücklassen musste?

Bei Robin und Scarlet findet er im letzten
Moment Unterschlupf und Hilfe ....
Werden die beiden Freunde herausfinden,
welches Geheimnis Will so gefährlich macht?
Und was bedeutet die Eule, die in seinen
Träumen erscheint?

Stefan Karch
Robin und Scarlet – Next generation
Die Nacht der Eule
Ab 10 Jahren, 160 Seiten
14,5 x 21 cm, Hardcover
ISBN 978-3-7074-1673-2

Stefan Karch
Robin und Scarlet –
Die Bücher der Magier
Ab 9 Jahren, 160 Seiten
14,5 x 20,5 cm, Hardcover
ISBN 978-3-7074-1142-3

Stefan Karch
Robin und Scarlet –
Die Stimmen der Geister
Ab 9 Jahren, 160 Seiten
14,5 x 20,5 cm, Hardcover
ISBN 978-3-7074-1239-0

Stefan Karch
Robin und Scarlet –
Die Vögel der Nacht
Ab 9 Jahren, 160 Seiten
14,5 x 20,5 cm, Hardcover
ISBN 978-3-7074-1345-8